세
상
은

장원락 유고 시집

창 너머 바라본 세상은

푸른나무

차례

1부
아무도 잠들지 않은 밤

2부

안식을 위하여

3부

눈이 내려앉으면

4부

길 위에서 만난 그대

5부
혼자 남은 역

6부

풀잎이 되고 싶다

1부

아무도 잠들지 않은 밤

아무도 잠들지 않은 밤

아무도 잠들지 않은 밤
하늘 가까운 곳에 올라
마음 한없이 풀어낸다.
때론 먼 산의 어두운 정상을 더듬다가
때론 긴 한숨으로 흩어진다.
한번은 찾아올 거라고
이번 가을의 부서지는 저 달빛은
서럽도록 내 이마를 비껴간다.
내려 보면 바람 스치는 나뭇잎 소리에
세상은 잡히지 않는 것들을 잡으려 하고
누군가가 세워놓은 가로등마저
새하얀 달빛에 숨죽이고 있다.
하늘은 내게
이 대상 없는 그리움을 토해내라 한다.
그러나 어이하리.
마음 한없이 풀어도
응어리져 메어오는 그것을.

첫사랑

너무나도 갑작스레 알게 된 내 마음은
햇살에 들킬까 부끄러운 아카시아 꽃처럼
그렇게 살그머니 잎새 뒤로 숨었다.
이제 더 이상 무섭지 않은 밤
둥그런 달과 빛나는 별에서
가만히 묻어나는 그리운 향기.
보지 않고도 느낄 수 있는 네 모습을
나는 가만히 저 검은 하늘에 그려본다.
밤은 깊어
길게 사라져가는 유성
네 시린 눈을 지날 때면
겨울밤의 어둠 뒤로 숨은 내 두 손엔
곱게 거머쥔 맑은 사랑 한 조각.

갈망 1

새들은 떠났습니다. 얼어붙은 눈의 번들거림만이 검푸른 달밤의 흔적으로 남았습니다. 어디론가 날아가 버린 새들은 저 높은 어둠 속을 헤매고 있겠지요. 세상이 있고 그 위에 또 다른 세상이 있고 다시 그 위엔 이름 모를 고통의 새들이 날고 있습니다. 아무것도 보이지 않는 밤의 장막에 싸여 더 높게 더 멀리 날갯짓을 합니다. 그러나 밤은 너무나도 순간일 뿐 흐느끼는 새의 모습은 곧 환한 세상에 드러나겠지요. 사람들은 밤새 사라졌던 새의 변함없는 모습에서 새하얀 밝음을 가져오려 하지만 새는 어둠이 드리워질 시간만을 기다립니다. 얼어붙은 눈 위로 쏟아지는 푸른 달빛과 함께 저 높은 어둠을 향해 날아갈 시간을 말입니다.

갈망 2

아무도 지나지 않은 눈은 슬픕니다.
예전에 무성했던 풀잎의 흔적은 보이지 않고
다만 스쳐갈 뿐인 바람만이
보드랍게 더 보드랍게 어루만져줄 뿐입니다.
첫날밤의 신부처럼 부끄러운 순백의 마음.
그러나 뜨겁게 안아줄 이 없고
운명과도 같은 각인은 먼 곳의 음성일 뿐입니다.
눈은 기다립니다.
시간이 흐르고 흘러 저 화사한 태양에 녹아
한 줌 기다림의 눈물이 될 때까지
눈은 기다립니다.

그것은 한 마리 이름 모를 새였습니다.
최초의 순결에 깊은 흔적을 남기고는
울음조차 없이
먼 어디론가 훌쩍 떠나고 말았습니다.
하염없는 슬픔이 온 밤을 흐느끼더니
어느새 눈은 아름다움을 잃어버렸습니다.
너무나도 빨리 사그라진 모습에
할 말을 잃고 먼 하늘만을 바라보고 있을 때

문득

수많은 각인들이 온몸을 짓밟고 있음을 느꼈습니다.

눈물조차 얼어붙은 창백한 달만이

무심한 듯 내려다보고 있었습니다.

사랑

절망까지도 같이 할 수 있다 했다.
마른 뺨을 적시며
내 눈을,
내 거친 이마를 바라본다.
먼 산에서 솟아나는 아침노을.
눈물 흘리지 않았으나
잡은 손에 가득 담긴 아픔을
나는 노을 때문이라 생각한다.
그녀는 늘
내 유적의 허무를 안고서
죽음보다 더한 바람에도 흔들리지 아니한다.
형극의 산에서 돌아오는 날이면
이미 저문 하늘 밑에
그녀는 가슴 열어 기다리고
어둠이 흘러 그 모습 가리어도
본능처럼 나를 감싼다.
생은 퇴색되어 오래지만
한순간 깊이깊이 잠들면
그녀는 늘 홀로 아침을 기다린다.

석류나무 지날 때

옛 적 노닐던 길은
굽이굽이 산을 돌고
무성했던 미나리 연못 보이지 않네.
얼어붙은 언덕의 조심스런 발걸음은 변했어도
저 파란 하늘은
지주처럼 내려다보고 있구나.
한 걸음에 한 세월
지나간 세월만큼이나 많은 발걸음에는
잊었던 추억들이 하나하나 망울져 올라오고
담장 너머 길게 손짓하던 석류나무 꺾이어
내 마음 잠시 멈추게 하네.
생은 늘 돌고 돌아
예전처럼 아이들 골목을 뛰어다니고
갈라터진 시멘트 길 위
새하얀 나뭇가지에는
눈처럼 세월이 쌓여 있네.
어느 순간
허허로운 가슴 깊이 알 수 없는 떨림이 드리워지면
눈물 조용히 흐르건만
이미 멀어진 발걸음은 멈추지 않네.
머언 석양처럼 멀어져만 가네.

그리움은 없다

없는 집.
오래 전에 사라져버린 듯한
담과 마당.
떠나버린 사람들의 마지막 눈물.
시들은 호박잎은
해가 갈수록 여위어만 가고
보름날 뒷산에서 마주 보았던
새하얀 달은
더 이상 비춰주지 않는다.
깊이깊이 서려 있는
할아버지, 그 할아버지의 할아버지,
또 그 할아버지의….
다 태워버린 삶의 흔적은
이미 회색빛 재 가루가 되어
긴 허공의 무심함으로 날아가버렸고
언젠가
조그만 아이들이 뒹굴었을
배꼽마당의 침묵.
반쯤 부러진 큰 살구나무
그네 매었던 자국도 사라지고

시끄러운 아이들의 웃음소리

꺾이어버렸다.

먼 하늘처럼 남은 슬픈 공허

떠나가고

남고

그리고 사라져버렸다.

어둠 속

어둠이 아름답다.
비록 내 지친 영혼이 누워 있을지라도
이토록 환한 세상 중에
홀로 맑은 이 어둠이
진정 아름답다.
이미 맡겨진 허무의 육신.
움직일 수 없다.
저기 창밖을 떠도는 나를 찾아가기엔
그는 너무나 밝은 곳에 있고
또한 나는 너무나 어두운 곳에 있다.
밑으로 밑으로 허물어질 듯한
지친 몸의 균열 속으로
작은 담배 연기의 알갱이들이
선명히도 휘감아오고
망막을 파고드는 저 먼 곳의 불빛은
단지 어둠의 환상일 뿐이었다.
거친 살갗 위로 내려앉아
어둠은 나를 검게 칠하고
한 줌 반항의 기미도 없이
나는 그대로 어둠이 되어버렸다.

소멸되어간다.

자꾸만 자꾸만.

창밖에서 나의 손짓이 애타게 부를 때

나는 천천히 눈을 감는다.

어느덧 온몸의 감각은 사라지고

마지막 한 점의 살이 없어질 때

나는 완전히 소멸되고 만다.

이제 남은 것은 어둠뿐.

창밖에서 나는 울고 있었다.

병영에서

햇살 내리쬐는 병영의 한 자락
담벼락 등에 지고 하늘을 본다.
가슴 수수하게 다가오는 바람
그 바람 머금어 눈길 내리면
언제 나왔을까 노란 들꽃들.
입영 날 끝없이 쏟아지던 눈 속에
두고온 그녀의 눈물도
이젠 짧은 머리 사이로 흩어져버렸다.
짧은 휴식 끝나는 외침 들리고
머리 위로 덮여오는 하늘의 빈 웃음.
나는 지금 어디에 있는 걸까.

재회

어린 시절
단지 어려만 보였던 사람.
문득 예고 없이 이루어진 만남 속에서
내 가슴 술렁이게 만든다.

순진하고 귀여웠던 모습의 그.
어느덧 다 자라버려
애써 눈길을 피하는 건 초라한 나.
설렘이 내려감은 눈 속을 파고든다.

무슨 말을 해야 하나.
단추를 만지작거리는 손끝이 얄밉기만 하고
머릿속을 스쳐가는 수많은 생각들.
얼굴은 자꾸만 붉어져간다.

성숙한 그의 얼굴 위로
뜻 모를 미소가 포근한 안식처럼 머무르고
그 맑은 눈동자에 비친 내 모습은
끝이 없는 깊은 곳에 잠긴 것만 같다.

전에는 느껴보지 못했던
자그마한 설렘이
서로의 눈을 통해 건너다니다
가슴이 뛴다.
그녀와 나.

그녀에게 가는 밤

어제부터 내리던 비
이제 끊어질 듯 이어지는 이 밤.
모든 해야 할 일들 다 끝나고
나 이제 그녀에게 간다.
오직 들리는 것은
부딪혀 산산이 부서지고 있을
빗방울 소리와
낮 동안 잠시의 햇살 속에 한껏 울어대던
매미 소리의 공허한 여운뿐.
삶의 포근한 휴식처럼
시간의 흐름은 멈추었고
사람과 사람의 호흡조차 완전히 잊힌 듯
순백한 공기만이 나를 감싸고 있다.
눈을 감았다.
아무것도 볼 수 없었다.
그러나 느낄 수 있었다.
나의 가슴으로
나의 세포로
자꾸만 스며드는
이 평화로운 고독의 숨결을.

얼음처럼 차갑게 다가오는
이 아름다운 어둠의 향기를.

나 이제 눈을 뜨면
낯선 이야기처럼 털어버리고
그녀에게 가련다.

친구에게

친구여
끝까지 간 겨울의 한 모퉁이에서
우연히 걷다 만난 사람들처럼
우린 묵묵히 말이 없구나.

서로를 욕하고 저주한 후에
지친 마음과 육신이 허물어질 때면
넘어가는 해처럼
그렇게 우린 쓸쓸했었지.

천 리 길 떨어진 아득한 곳에 헤어져
단지 떨어지는 낙엽이나 보며
오직 그 순간 서로의 생각을 할까
우린 너무나도 닮은 데가 없구나.

그러나 알아다오.
내 너를 생각할 때면
스무 살 청춘보다 더 순결한
한 줄기 눈물을 흘릴 수 있으리란 걸.
보고 싶은 친구여.

생의 흔적

한 해가 수북 쌓인 문을 열고
밤바람 외로운 공터로 나가면
문 닫히는 소리
밤의 낙엽 되어 가슴가를 맴돈다.
별 하나 보이지 않는 하늘이 너무 맑아
얼어붙은 달에선 얼음 냄새 난다.
세상의 그 무엇도 닿을 수 없는 곳
나는 그 차가운 달을 지나
먼지처럼 흩어지는 생을 본다.
차라리 너무 푸르러
바람마저 먼 하늘가로 흘러가면
생의 흔적은
이제 막 잎 떨군 나무 위에 걸려
차마 내려앉지 못한다.

정성욱 병장

흙때 묻은 군복 입고
처음 自隊 가던 날
모자 위 이등병 계급장 보며
놀려대던 정성욱 병장.
큰 키에 싱겁기만 했지.
하루가 한 달 같은 이등병 때
숨어 혼자 눈물 쏟는 나에게
보급 손수건 건네주던 그.
정말 잊지 못합니다.
한여름 그 뜨거운 작업장에서
미련하게 힘쓰던 모습을.
돌아보면 어제 같은 일들이었는데
그 이제 떠나고 없습니다.
직업군인 되어
그 큰 손에 기름 묻히고 살다
무너진 산 아래 영원히 잠들었습니다.
내 젊음의 가운데서 만났던
키 큰 정성욱 병장.
이제 다시는 볼 수 없기에
내 안타까운 눈물로만 그대를 보냅니다.

별

언제부턴가, 어쩌면 아주 오래전부터 별을 볼 수 없었다.

내가 사랑했던 별은 이미 검은 하늘에서 사라졌고 나는 더 이상 하늘을 바라보지 않았다.

풀 한 포기 없는 외진 언덕을 올랐다. 변한 것은 오직 나일 뿐 거친 풍경은 그날처럼 아무런 표정이 없었다. 밤은 이미 다가와 검은 바람이 입가를 스쳐가고 별이 뜰 무렵 그곳은 이미 내 앞에 다가와 있었다.

그녀가 묻힌 곳. 먼 옛날의 이야기처럼 사그라든 초라한 무덤 곁에 몸을 누이면 하늘 가득한 별의 무리는 말이 없었다.

아무것도 움직이는 것 없고 소리조차 들리지 않는 고요한 밤에 허무의 향기는 내내 무덤가를 맴돌고, 볼 수 없는 그녀의 눈빛만이 하늘 어딘가에서 나를 보고 있는 것만 같았다.

지금도 생각하면 그녀는 왜 그토록 아름다운 시절에 가버렸는지 나는 알 수가 없다. 그래서 가만히 되뇌어보았다. 저 별은 알고 있을까. 우리가 함께 보았던 저 별은.

밤이 깊어갔다. 그래도 나는 떠날 수가 없었다. 내가

이토록 서러운 것은 아무리 떠올려도 떠올려지지 않는 그녀의 모습, 이미 기억에서 사라져버린 그녀의 모습 때문이었다. 마치 오랫동안 잊어버렸던 별처럼 그녀의 모습은 어디에도 없었다.

그녀의 향기 같은 흙냄새마저 바람이 가져가버렸을 때 나는 눈을 감았다. 안타까움보다 더한 서러움이 가슴에서부터 차고 올라와 어느새 눈물이 흐르기 시작했다. 이미 흘리기 시작한 눈물은 오래도록 아주 오래도록 멈출 줄을 몰랐다.

밤안개가 몰려올 무렵에서야 나는 눈을 떴다. 티 한 점 없는 별빛이 눈부시게 나를 내려다보고 있었다. 왠지 알 수 없는 감미로움이 나를 감싸는 것 같았다.

귀향

물결에 바람이 실려오듯
먼 산의 그림자를 지나
나 이렇게 돌아왔다.
그토록 오랜 세월
한 걸음 내디디면
이미 다가와 곁에 머무는
짙은 바다내음.
길게 자란 들풀 사이엔
사라져간 사람들의 오래된 흔적.
기억하고픈 그녀의 향기는
어디로 흘러가버렸을까.
가슴 한없이 아파
그려지지 않는 얼굴
먼 수평선 너머로 불러보아도
끝내는 홀로 돌아오는 메아리.
사람들은 지나가고
그녀 또한 가버려도
바다는 기억하고 있다.
생채기처럼 남아 있는
내 아물지 않은 상처와

허무로운 바람의 숨결.

발걸음 돌아섰을 때

나는 들을 수 있었다.

아주 작게 속삭이는 바다의 음성.

이미 오래전 바람이 가져가버린

그것은 바로

잊을 수 없는 그녀의 향기였다.

풍경 소리

대지 위에 남아 있던 빗물
소리 없이 훨훨 날아가버리면
내 속의 철쭉은 말을 잃는다.
풍경 소리 내려오는 저문 산
참나무 굳은 뜻을 헤아렸나.
산로 십 리 길 돌아 돌아
철쭉은 고개 숙였네.

나는 가끔씩
사라져버린 철쭉에 대한 회의와
불면의 밤을 지키기에 지쳐
풍경 소리 들리지 않는 산을 찾는다.
길을 걷다 한숨 길게 누우면
산은 스스로 울고
부끄러운 달빛과
한처럼 쌓여가는 바람 소리.

철쭉은 잊혀져간다.
그냥 그렇게 잊혀져간다.

어느덧 풍경 소리 들리는 곳은
달빛보다 부끄러운 바로 내 마음이었다.

풀잎 되어

아카시아 꽃잎 시들던 날
그는 들판을 건넜다.
풀잎은 빛을 피해 흔들리고
외진 길을 그는 혼자 걷는다.
사그라든 꽃잎엔 향기조차 없어
그의 모습은 꽃이 된다.
풀잎 하나 밟히면
눈은 하늘을 향하고
그는 항상 멀리 있었다.
어느 순간
내 앞에 나타난 그의 눈이
하늘 향해 우러르고 있기에
몇 개의 풀잎을 밟았을까.
하지만 그는 나를 바라보지도 않는다.
'내가 풀잎일지도 모른다.'는
생각은 전혀 들지 않았지만
그는 나를 풀잎이라 생각할지도 모른다.
소나기 한동안 지나치면
그는 너무도 아름답다.
그러면 '나는 풀잎이 아니다.'라는

생각은 분명하지만
'꼭 풀잎이 아니어야 할 이유는 없다.'라는
생각도 타당한 것 같다.
결국 나는 풀잎이 아니지만 풀잎이 되어
그의 아름다움에 몸을 맡긴다.
소나기 다시 찾아와 웃고 있었다.

블루 벨벳 1

흘러간 노래 들으며
꽃은 담장 밑에 피어오른다.
죽음은 늘 음률에 실려오고
답답한 숨을 그는 미쳐
어두운 복도 끝 열쇠의 방.
찢어진 음성은 두 눈을 뜨고
그의 이마엔 총성이 지나간다.
푸른 불빛 흩날리는 무대 위엔
오래도록 이어지는 마지막 노래.
일그러진 절망은 점점 퍼져간다.
술 한 잔 놓아두면
엉킨 시간은 가슴을 휘감고
그는 별빛 찬란한 그늘에 눕는다.
푸른 불빛처럼 흩어지는 총성.

블루 벨벳 2

꿈 같은 죽음 하나를 보았다.
죽인 자도 죽은 자도
침묵의 깊은 눈빛을 견디지 못하고
절망의 멈춘 시간 속으로 걸어갔다.
모든 의미는 어디로 갔을까.
세상은 온통 흔들리는 나뭇잎과
아름다움에 못 겨운 바람 냄새.
생명이여
그대 왜 그리도 찬란하고
또 왜 그리도 덧없는가.
죽어서 안 될 죽음은 진정
생명의 의미, 그 흔적 없는 종말인가.
바람 부는 저녁 날
깊은 강에 서린 그 서늘한 무서움.
생은 휘날려 물속 깊이 새겨진
그림자도 이지러지고
한이 되어 흐르지도 못한 삶과 죽음의 고개
생명이 주저앉아 울고 있다.

교실 풍경

누군가 부지런히 담아대는 언어의 모래알
싸늘한 정적 속을 잘도 돌아다닌다.
활짝 열린 창밖으로 도망간 아이 유유히 걸어가고
한바탕 휘저어진 웃음이 그는 어색하다.
가끔씩 졸음 소리 어디선가 들려와도
그의 삐뚤어진 발음은 잡힐 줄을 모른다.
이 엔 분에 피 제곱 플러스 비는 이
잔잔히 밀려오는 파동 같은 그의 목소리.
나는 한 줄도 써내려가지 못한 식을 적어놓고
지루한 한 시간을 버틴다.
아이들 머리 하나씩 내려앉고
가장 졸음이 잘 오는 주파수의 목소리로
그는 더욱 교실을 울린다.
가볍게 떠다니는 하품으로
봄 햇살 슬그머니 내려앉으면 시간은 끝나서
어느덧 모두 일어선다.
나른한 걸음이 교실을 금방 비워버리면
그는 홀로 앉아 있다.
두 눈을 감은 채.

영화관 일화

텅 빈 영화관에 영사기 돌아가는 소리 들릴 때
오래된 먼지 같은 어둠 속에
홀로 앉았습니다.
너무나도 고요한 시간이 지나고
한 여자 저쪽에 앉았습니다.
하얀 코트 위로 그림자 어지럽게 지나가고
그녀의 눈은 외로워 보였습니다.
어느새 영화는 끝을 향해가건만
그녀는 눈을 감고 있었습니다.
언젠가 느껴본 것도 같은 감정이
가슴을 떨려오게 합니다.
아무도 없는 넓은 극장 안에
그녀와 나만 있습니다.
이미 끝나버린 영화는 외면한 채
우리는 움직일 줄 몰랐습니다.
어느 순간 사람들 하나둘 들어오고
그녀는 일어서서 나갔습니다.
어느새 억수같이 퍼붓는 비가 눈앞을 가려도
그녀는 그냥 걸어갑니다.
젖은 코트 위로 쓸려가는 외로움이

내 마음 아프게 합니다.
그러나 나는 움직일 수 없었습니다.
멀리 흐릿하게 사라져가는 그녀를
그냥 지켜볼 수밖에 없었습니다.
무언가가 가슴을 찔러왔습니다.

어머니

어머니 무거운 손에는 짐이 가득합니다.
차가운 겨울 밤바람에 붉어진 두 볼에서
냉기 풀풀 날리면
내 마음 저려옵니다.
언젠가 못난 아들에 우시더니
이제는 우시지도 못하게 늙으셨습니다.
그 여린 손에 드신 무거운 짐을
조금도 덜어드리지 못하고
오히려 저 자신 짐이 되었던 세월
진정으로 아픕니다.
해가 지고 어둠이 내려오는 것처럼
운명이 죽음을 인도했을 때
저는 무엇을 할 수 있습니까.
다만 갈 길을 편하게 해드릴 뿐.
삶이 나를 힘들게 하여도
어머니 그대를 위해 참겠습니다.
해빙되는 강물처럼 그렇게 살겠습니다.

졸업식

아이들 남색 교복 위에
웃음은 가지런히 앉아 있었다.
가끔은 걱정스럽게
가끔은 태견한 모습으로
둘러보시는 교감 선생님.
일찍 찾아온 따스한 바람에
여기저기 들고온 꽃은 진한 내음 날리고
그때가 언제던가.
둘러선 사람들의 미소 띤 얼굴에는
이미 먼 추억이 흘러간다.
아이들 흩어져 사진 찍을 때
짧은 머리 동생 뒤로
커다란 나무 한 그루가 왠지 쓸쓸하다.
환한 웃음과 함께
영원히 사라져버릴 한 시절.
한 아름 가득 든 꽃과 선물만큼이나
발걸음은 무거워 보인다.

미련

울었습니다.
금호강 어둔 물에 눈물 떨구었습니다.
떠난 사람 그리워서
떠난 사람 원망스러워서
서럽게 울었습니다.
날은 저물어 갈댓잎 숨어들고
고통처럼 찔러오는 어둠만이
함께 있는 전부입니다.
삶이 강물처럼 흐르고 난 자리에
눈물 자욱은 늘 남아 있어
차가운 세월 잠시 멈추게도 하지만
저문 해와 같이 날아가버린 사랑은
이미 어둠에 묻혀버렸습니다.
굽이굽이 강을 돌아
달빛이 안겨왔을 때
저는 마른 눈물 던졌습니다.
그리고
금호강 어둔 물에 내 마음 묻었습니다.
영원히 말입니다.

해 질 무렵 대전역에서

회색빛 서늘한 공기가 흘러올 즈음
사람들은 하나둘 하늘을 본다.
갓 건져 올린 동치미 국물처럼 희뿌연 하늘
시리도록 맑은 무엇이
저마다의 가슴으로 풀려오면
이내 투명한 고요만이
어두워지는 철로를 지켜본다.
수많은 생각들이 떠나고,
저마다 남은 곳으로 찾아드는 낯익은 차가움.
그것은 어디서 오는 것일까.
하얀색 역사 위로 드리워지는
하루의 말없는 사그라듦에서
엇갈린 방향으로 길게 늘어선 사람들
그네들의 마음은 만나고
또 그렇게 비껴만 간다.
차가움은 곧 그리움.
삶의 뒤안길에
언제나 찾아오는 따스한 그리움.
발밑을 찌르는 한기가 올라오면
오랫동안 잊었던 그리움도 금세 사라지고

사람들은 하나둘 고개를 숙인다.
아무도 움직이는 이 없어
고요함만이 한없이 저문 하늘로 녹아든다.
그러나 망각의 괴로움은 잠시뿐
칸칸이 실린 사연이 긴 소리 되어 다가오고
어느덧 희미하게 부서지는 가로등 불빛.
남겨진 사람들은 다시 조용해져
언제까지나 멀어지는 그곳을 바라보는
해 질 무렵의 대전역.

옛 시인을 그리며

산을 그려보다
멈춰버린 석양이 보기 싫어
하늘에 어둠을 덮어버린다.
티 한 점 없는 산허리로
5월의 끝은 사라지고
술을 좋아한 시인도 잊혀져간다.
봉황대상 봉황유 봉거대공 강자류
바람으로 묻혀져간 것들에 대한 그리움과
변함없는 강물 위를 흘러 다니는 탄식.
견고한 것들은 왜 그토록 쉽게 흩어져버리고
오직 자연만이 그대로인가.
저 흘러가는 강물을 멈출 수 있어
묵향 감도는 여덟 폭 그림으로 그린다면
또한 볼 사람이 누가 있단 말인가.

바로 내 곁에

내가 나를 두려워한다는 건
삶이 두렵다는 것과 같으리오.
오직 나만이 혼자인 거리에 서면
수그러든 어깨를 덮쳐드는
그토록 환한 햇살.
한 번도 걸어본 적 없는 길
가슴 어둡게 깔려오고
한번쯤은 불러보고 싶었던 말들도….
두려운 것은 바로 나.
한순간에 흩어져버릴 것만 같아
걸음은 내내 땅을 떠나지 못한다.
의미 없이 고착된 걸까?
날카로운 시선들.
이 거리 저 거리로 퍼져가는 웃음들.
하지만 등 돌릴 순 없다.
내가 지켜봐야 할 거리는
바로 내 곁에 있기에.

노을이 붉은 이유

동화가 잊혀져가던 어느 날
해가 진 자국 따라 벗은 갔다.
생이 길어질수록 왜
노을이 붉어지는 이유를 찾을까.
어느 저녁
그토록 무너질 듯 가녀리게 서서
서쪽 하늘만 한없이 바라보던 그.
어깨 위엔 연민처럼 붉음이 맴돌고
가슴속까지 스며드는 그 서늘함을
난 다만 느낄 수 있을 뿐이었다.
함께 들었던 옛이야기처럼
돌고 돌아 결국은
해가 지난 길 위에 서 있는 우리.
돌아보기엔 너무 가슴 아프고
노을은 스스로 붉어만 간다.
그는 어디로 갔을까.
벗어날 수 없는 이 길을 넘어
저 타는 하늘로 날아간 걸까.
문득 가리운 산허리를 돌면
지금도 서 있을 것만 같은 모습이 어른거려

갈 곳 없는 발길을 내내 잡아둔다.

생이 깊어갈수록 왜

노을은 저토록 붉어질까.

그의 마음을 꼭 안아본다.

사랑 이야기

겨울이 수십 번 왔다간 후
옛날의 그 나무는 보이지 않아도
낙엽 향기 흩날리던 하늘은 그대로인가.
마지막에도 전하지 못한 가슴.
한없이 깊은 잠의 세월
하늘은 내 마음 되어 그대를 내려다보았으리.
세상엔 옛것 하나 없고
내 이마엔 깊은 주름만이 내려앉았네.
하지만 그대 아는가.
아직도 내 입술에 어른거리는
그대 긴 머리카락의 감촉을.
죽어도 잊을 수 없어
내 뛰는 가슴에 살아 있는 사랑을.

그녀를 처음 보았을 때

아름다움을 보았다.
먼지가 밤하늘의 가로등을 비껴가듯
내 탁한 눈은 그녀를
그녀의 그림자 없는 눈을 바라볼 수 없었다.
하늘은 그녀 위에서 깊어만 가는데
왜 나의 하늘은 저
밤바람에 날리는 나뭇잎에만 머물까.
가슴 아프다는 것.
한없이 하늘은 차갑고
달빛처럼 그리움은 안겨온다.
차라리 털어낼 수 있는 가슴이라면
겨울 하늘처럼 창백하게
바람 실어 저 어둠으로 날려보낼 수 있으련만.
밤하늘엔 무엇도 숨길 수 없어
한없이 먼
한없이 멀어 내 마음 닿지 못하는 곳에
그녀의 모습을 두고 오고 싶다.
달이 지고 어둠뿐인 밤에도
달빛은 세상 어느 곳에나 숨 쉬는 것처럼.

나의 그림자

길은
슬픔은
어둠은
강은
얼음은
두려움은
그리고 하늘은

아직도 알지 못하는 내 생의 그림자들.

안갯길

가파른 산허리를 돌아 돌면
한낮의 안갯길은 한이 없다.
하늘은 새벽부터 안개 되어 내려오고
상념의 틈도 없이 버스는 흔들린다.
세상은 모두 회색으로 지워져, 길
버스는 길을 만든다.
승객들은 졸기도 하고
작은 흔들림에 의미 없는 생각을 흘리기도 하지만
창가에 앉은 이의 얼굴선이 하도 고와
회색 풍경의 그림으로 삼고 싶다.
낡은 버스 곳곳엔
수많은 사람들의 흔적이 묻어 있고
이룰 수 없었던 꿈들이 묻어 있고
또 버리지 못한 슬픔이 묻어 있다.
언젠가 내가 아주 어릴 적에
처음으로 버스를 탔다.
언덕 하나 돌면 서고
개울 하나 넘으면 섰다.
한겨울 고드름 드리워진 산을 넘어
등굣길은 굽이굽이 이십 리.

지금처럼 안개 낀 날이면
나는 뒷좌석 창가에 앉아
신기한 꿈을 꾸곤 했다.
세상은 모두 회색으로 지워졌지만, 길
길은 버스를 인도하고 있다.
언젠가 내가 아주 어릴 적에는.

이제는 너에게서

안개에 젖은 세상에선 미치고 싶다.

호흡기를 막고 있는 짙은 가래.

시각장애를 일으키는 무언의 하늘.

기침 소리 한 번에 안개는 소스라치게 놀라고

장님 아닌 장님들이 허무.

안개는 가슴을 누른다.

늦은 가을의 낭만을 가장하고는

끝이 없을 겨울의 거리로 이끈다.

가슴은 점점 헤어날 수 없는 답답함과

가리어진 모습에 절망하고

끝내는 산산이 부서진 양심을 안는다.

의지할 곳 없는 혼들이여

이제 지친 내 옷자락을 그만

그만 놓아다오.

2부

안
식
을 위
하
여

안식을 위하여

어둠이 왔다 하여
잠들지 말라.
저문 하늘의 침묵을 위하여
그대 생생한 눈을 밝혀야 한다.
스러진 정신
그대 허름한 옷자락에 고이 접어
푸른 하늘 푸른 바다로
훨훨 날려보내야 하리.
때론 밝아오지 않는 하늘에 절망하여
어둠보다 더한 유혹이 있을지라도
결코 잠들지는 말라.
죽은 자의 증언은 영원하고
산 자의 눈은 어둠에서 더욱 빛날 것이니
그대 구겨진 옷자락을 움켜쥐고
어둔 하늘을 바라보아야 한다.
해가 뜨고
아침 이슬 여윈 뺨을 어루만질 때면
그대 조용히 잠들 수 있으리.

빙정 1

한 점 먼지도 없는 창백한 공기 속에
서늘한 의지 섰노라면
하늘은 감감히 내려다본다.

풀잎의 빛나는 젖음과
그 위에 흔들리지 아니한 바람.
살 떨리는 한기를 타고
짙은 색의 정신은 나를 휘감는다.
우러러 거짓 없는 이 맑은 공기 속에
갈 길 수없이 많아도
부러진 빙정 그 고집을
나는 밟는다.
하늘이 내린 저 어둔 침묵
한기 젖은 발을 내딛어
걷다 걷다 꺾일지라도
빙정처럼 부서지리라 맹세한다.

몸은 젖어 강물은 밀려오고
그 하얀 회유의 손길에
나는 눈을 감는다.

빙정처럼 부서지리라며
얼은 하늘 얼은 맘을
빙정처럼 부서지리라며.

빙정 2

사월을 넘어 날아온 몇 송이 눈.
반기는 이 없어
내려앉지 못한다.
독설 만발한 대지의 어깨를 두드려
그대로 사라지고 싶다.
한기 어린 하늘을 바라보며
생명보다 더 맑은 것을 생각한다.
그 차가운 비애를 관통하는 정신을
누가 알 수 있으리.
정신은 의연히 하늘을 찌르고
삶은 말라터진 대지를 딛는다.
가끔은 솟아나는 꽃의 유혹에 취하여
멍하니 드러눕기도 하지만,
결코 내려앉지는 못한다.
차가운 빙정 그 치열한 끝은
늘 취한 가슴을 찌르고
내 헛된 발걸음은
하늘 향해 소리 죽여 운다.
눈물은 눈이 되어
빙정 사라진 대지를 맴돌고

끝내 시린 하늘가를 추억하다
잠들고 만다.
먼 곳엔 아직 살아 있으리라.
결코 녹지 않는 정신은 살아 있으리라.
홀로 빙정에 서서 움직이지 않는다.

빙정 3

하늘에 별 하나 없어
긴 몸 하늘가에 눕힌다.
한없이 떨어지는 기억의 잔상 속에
어둠은 밀도를 더해간다.
내 이어진 연상의 실핏줄을 따라
때로 시퍼런 망울 올라오기도 하고
누인 몸을 훑고 가는
그 세찬 바람 소리에
절망보다 깊은 비애가 나를 감싼다.
둘러보면 끝없는 얼음의 골짜기.
탄식처럼 별들은 생명을 묻고
길고 긴 잠은 한낱 꿈이 되어
아침이 와도 깰 줄을 모른다.
생은 늘 내 곁에 다가앉아
돌아오지 않는 별의 추억과
언젠가 있었다던 얘기를 들려준다.
그랬노라고
그 사람이 그랬었고
그 세월이 그랬노라고.
가슴 깊은 통증처럼 밀려온다.

어느새 잦아든 바람을 비껴 생을 바라보면
나는 홀로 고개 숙인다.
그 누가 알 수 있으리.

빙정 4

언젠가는 슬프기도 했었다.
하늘 머무는 들판에서 바람 홀로 맞으며
고개 숙여 울어도 보았다.
비 내린 풀잎 위엔
너무나도 선명한 슬픔 실려 있어
이 하늘 아래 벌판에서
다시 만날 수 없는 그를 위해
푸른 초상을 그린다.
돌아서면 잊혀지는 구름처럼
잠시 잊으면 사라지는 구름처럼
그는 벌판을 넘어
비 내음 들리지 않는 저 아득한 땅을 향해
부서져갔다. 그러나
떠나려는 내 발길엔
늘 그의 향기 밀려오고
차마 혼자일 수밖에 없는 모습이 싫어
찬바람 그 우울함을 마주 보면
어딘가에 남아 있을 그의 얘기가
아프도록 밀려온다.

빙정 5

누렇게 소나무 꽃가루 날리던 날
불면의 밤은 가리운 하늘로 숨어버리고
잡히지 않는 새를 향하여
생은 조포를 쏘아댄다.
한때는 빙정 그 날카로운 끝에 서서
흩날리는 얼음 가루에 울었던가.
새는 찬란한 빙정에 입 맞추고
날아 날아 얼음 가루 된다.
절망이 있다면
그것은 녹아버린 빙정.
허무 파편처럼 널린 대지 위로
어둠, 송화 가루는 내려오고
빙정 있던 물 고인 자리엔
얼음 가루 죽으러 온다.
죽어 이름조차 남길 수 없는 생은
찬바람 탁한 오열을….
쓰러져 긴긴 흙 내음 맡는다.
기억이 건널 수 없는 저쪽 하늘
아직도 얼음 가루 풀풀 날리고 있겠지.
별도 달도 다 사라져버려도

새는 하얀 빙정 그 시린 아름다움을
돌아 돌아 날고 있겠지.
생은 추락하여 더 이상 오르지 못한다.

빙정 6

차가움을 아는가.
얼어터진 땅의 뒤편에
의연히 서 있는 정신을.
바람 아무리 불어도
결코 흩어지지 않는 생의 표상을.
거센 불길처럼
뜨거운 황금의 발 짓밟아올 때
고통은 늘
성긴 땅의 상처 사이로 찾아와
허무로이 몸을 녹이고
잃어버린 것 찾는 사람들
하나둘 눈을 감는다.
귓가를 스쳐가는 잔혹한 파괴의 소리.
차마 볼 수 없어
고개 돌려보지만
아픔은 가슴속에서 오는 것.
마음 아무리 헤쳐도
미망은 질기게 잡아끌고
통증만이 심장을 갉아먹는다.
차가움이여.

얼음처럼 단단한 의지여.
죽음처럼 싸늘하게
내 더운 숨결마저 잠재우고
너의 이름 가만히 거두어다오.

몽상

가슴에 살아나는 음악 소리
고요한 가사에 실려오는 애절함
어느덧 흐르듯 일렁이는 마음
내 온몸에 씌우는 커다란 감동
흔하디 흔한 가락에
내 마음은 주체할 수 없는 뭉클함에 빠지고
잠시 정신을 잃는다.
잔잔한 느낌이 날 일으킨다.

상심 1

난 알고 있다.
지금 내 영혼엔
숨길 수조차 없는 타락한 일부가
순수를 갉아먹고 있다는 것을.
참을 수 없는 타락의 유혹을
난 끝내 물리치지 못하리라.
싫다.
두렵다.
저항 한 번 못한 채
저 깊은 나락으로 떨어지는 꿈처럼
다시 꾸기 싫은 꿈을
난 지금 현실로 받아들이려 하고 있다.
거부해야 한다.
내 영혼의 일부를 떼어내는 일이라도
난 서슴없이 해야만 한다.
내 젊은 양심은 지금
추악한 죄악의 유혹에
붉은 선혈을 흘리고 있으리라.
눈물이 흐른다.
언젠가 이 눈물이

추악하고 더러운 위선의 눈물로 바뀔 때
난 진정 무엇을 생각할 것인가.
허물어지려는 마음의 귀퉁이를 움켜쥐고서
진정 나는 어떻게 해야 하는가.

상심 2

난 과연 무엇을 원하는가.
내가 진정으로 원하는 길은 어디인가.
가끔씩 상상을 할 때면
언제나 나 자신의 알 수 없는 마음에
놀라고 당황한다.
분명 내가 원하는 건
지금 내가 걷고 있는 이 길이 아닐지도 모른다.
마음 깊숙이 숨어 있는 욕구가
잠시나마 날 혼란에 빠뜨린다.
하지만
난 늘 그것을 거부한다.
그 욕망을 밖으로 보이지 않으려고
그 욕망 자체를 부정한다.
왠지 그것이 두렵다.
혼란함은 나를 병들게 한다.
길은 나에게 고통을 강요하고
두려움은 나를 괴롭힌다.
난 진정 어떻게 해야 하는가.

상심 3

누군가는
전경의 몽둥이에 채 살아보지도 못하고
그만 훌쩍 사라졌다 한다.
요란스러운 세상의 떠들어댐과
온통 눈을 깔아뭉갤 듯 덮쳐오는 문자들.
홍수가 내 머리 위를 함몰시키는 순간처럼
잠시 아찔한 현기증으로 쓰러질 것만 같다.
그러나 그 허위와 썩은 무정부주의에 대한
뿌리 깊은 불신은 피어오르고
누군지도 모를 어떤 대상을 향한 화염병 속에 담긴
그 의미를 나는 외면하고 만다.
가진 자와 누리는 자에 대한 옹졸한 시기인가.
아니면 끈질긴 삶에 대한 집착인가.
누군가가 나를 보아주었으면 좋겠다.
흐려터진 희미한 동공 속에라도 들어가
내 존재의 가치를 소생시키고 싶다.
저 붉은 노을 속에서 찾았던
아니 찾으려 했던
어린 날의 진실은 이제
밀려가는 함성과 같이 희미해질 뿐이다.

나는 어둠인가

살아도 살아도
작은 땅 섬 하나 보이지 않아
외진 가로등 부서진 불빛을 안는다.

녹아 안개가 되어버린
술 취해 유혹하는 절망이 되어버린
흔적 없이 떠돌다 그대로 묻혀버린
갈 곳 없는 자들의 저 높은 곳이 되어버린
내가 아는 모든 두려움이 되어버린

밤을 찾아 헤매어
일그러진 얼굴에 어둠을 바른다.
하나씩 잠들어가는 영혼의 한끝을 잡고
스며드는 고통을 음미한다.
내가 어둠이라면
그것은 곧 내가 어둠이 아니라는 것.
부당한 절망을 두려워하며
때로 시계를 거꾸로 돌린다.
남은 것은 운명뿐이지만,

내가 운명을 믿는 것은 다만
다른 믿을 것이 없기 때문이다.

그날 밤

그날 밤 나는 내내 온기를 찾지 못했다.
자정 넘어 가끔씩
아주 먼 곳의 기억처럼
어둠을 넘나드는 기적 소리.
싸늘한 대합실 구석에선
삶의 뒤편에 남겨진 사람들의 긴 한숨이
차갑게 흘러나오고 있었다.
표 파는 아저씨의 졸린 눈에 드리운
그 허무로운 눈빛.
나는 곧 그것이 나의 눈빛임을 알았다.
아무리 기다려도 시간은 부르지 않고
길게 늘어진 가슴에는
알 수 없는 통증만이 찾을 뿐이다.

무엇일까

별을 보다 돌아서면 세상은 하얗다.
아직도 가라앉지 못한 어둠.
기억은 자유를 잃은 채
돌아오지 않는 생을 그린다.
생은 하얀색.
어쩌면 묽은 먹빛이 드리워 있을지도 모른다.
별 세 개 그리면
어느새 달도 하나 떠 있어
나는 여백을 찾아
창부의 과거와도 같은 생을 헤집는다.

비 오는 날이면
내 추상한 그림도 흠뻑 젖어
까닭 모를 허망함이 찾아오기도 하고
때론 길 없는 어둠에 놀라
내내 떨기도 한다.

돌이켜보건데
그려질 모든 것은 이미 사라진 지 오래고
세월 묵은 빈 종이엔

눈물 자국만 허허로이 감돈다.

무엇일까

저 비어버린 생의 의미는.

어둔 강가에서

강가엔
산산이 부서진 비의 풍경.
안개처럼 속삭이는 어둠을 보며
눈을 감는다.
거침없는 생은 휘날리고
가슴 품은 큰 뜻은 후회 없다.
저 멀리 산은 있으되
가리어 보이지 않으니
내 가슴 서리 내렸음인가.
감은 눈을 비껴가는
여인의 아름다운 손길.
가슴 한없이 부풀어….

헤어질 때

아름다움은 여름 햇살로 시작된다.
잡을 수 없는 것들에 대한 상상과
하늘 가득 쏟아져 오는 두려움.
어둠마저 돌아가는 그 얼굴이 하도 고와
나는 파란 불빛 아래
온통 마음을 풀어헤친다.
어둔 강물처럼
한없이 잠기운 눈빛은 흘러가고
별도 사라져버린 하늘 아래서
자꾸만 무너져 내린다.
침묵은 그녀의 아픔을 거부하고
또한 나는
저 화려한 불꽃의 밤을 거부한다.
아무런 말도 몸짓도 거부한다.
사람들 삶처럼 몰려가도
그녀의 눈동자엔 비어버린 어둠.
쓸려가면서도 결코 돌아볼 수 없는 것일까.
우리 사이엔 아마 짙어져가는 밤뿐
흐트러진 담배 연기를 벗 삼아
나는 저 괴로운 강물에 무너지고
그녀는….

혼란

가끔씩 느껴지는
내 몸속에 자리 잡은
두 개의 힘.

나 스스로를 자조의 늪으로 빠뜨리는
이질적인 분노의 힘.
갑자기 잔잔한 소나기처럼 다가오는
가볍고도 잔잔한 힘.

나 자신도 알 수 없다.
무엇이 나로 하여금
그 짧은 순간에
두 개의 힘을 느끼게 하는지.

으레 찾아오는 허무처럼
자조와 책망은 허탈한 육신을 휩쓴다.
늘 그렇듯
불꽃같은 정신의 혼란 뒤에는.

단 한 번

나는 내 스스로의 의지로
그 격정을 벗어난 적이 없다.
혼란은 내 정신을 제압하고
나는 어느새 그 가운데에 영혼을 파묻고 만다.

무엇일까?

어느 지루한 오후

캠퍼스
늘 막연한 저편 너머에서
손짓하며 부르던 곳.

한 발짝 다가서면
가릴 듯 보이지 않던 속삭임이
놀라 저 멀리로 달아나버리고
다시 점잖게 앉아 쉰다.

멀고도 가까운 그곳에 들었을 때
눈에 비친 영상의 결합은
각진 네모와 고르게 깎인 잔디밭.

낭만의 새는 어디에도 없고
쓸쓸히 돌아다니는 한 마리 까치만이
적막한 오후를 깨우러 간다.

지식과 그것을 향한 욕망 속에서
사그라져가는 옛날의 모습은
이제 그 어디에도 없다.

맑은 웃음소리가 흔들리듯 들려오는
저 낭만의 계절은 어디로 가고
이제 얼마 남지 않은 시간의 재촉만이
이렇게 우리를 잠재우나.

무제

말없는 하늘은 단지 흐느낄 뿐.
핏빛 눈물도 통곡도
저 가벼운 흐느낌의 속삭임에 덮여
사라지고 만다.
밤을 바라보는 빛나는 눈빛조차도
어둠에 스스로를 망각하며
결국 스러져버렸다.
나는 여전히 존재하고 있는 것일까?

홀로 선 밤에 1

깊은 밤에 또다시 홀로 남았습니다.
누군지도 알지 못하는 사람이
오래전에 잃어버렸던 것을 찾아준 기쁨처럼
고요한 감동이 가슴을 적십니다.
이 세상의 어느 곳에 있을 고마운 사람과
아직은 아름다움이 남아 있는 내 삶에
저는 감사합니다.
날이 저물고
습관처럼 다가온 혼자 된 밤은
가끔씩 들려오는 유리창의 덜컥거림과
곧 녹아버릴 것 같은 고요함뿐입니다.
볼륨을 꺼버린 라디오의 음성이 궁금하기도 하지만
저는 가만히 있고 싶습니다.
차가운 겨울바람에도
희고 긴 가지를 드리운 나무처럼
그렇게 있고 싶습니다.
이 작은 순간에도 삶은 흘러가고
아팠던 일들은 점점 멀어져만 갑니다.
그러나
저의 이 밤은 알 수 없는 떨림 속에서도

저의 이 마음을 살며시 멈추게 합니다.

눈을 감았습니다.

문득

추운 가로등이 저와 함께 있음을 알았습니다.

밤은 그대로인데 말입니다.

홀로 선 밤에 2

참으로 긴 하루였습니다.
방황처럼 내딛는 거리에는
알지 못하는 사람들의 외침뿐
텅 빈 포장마차 안에 피어오르는 우동 냄새 속에
홀로 기울인 소주잔은 많아져만 갑니다.
잊고 싶은 모든 것이
한 잔의 술을 타고 날아가버렸지만
문득 더운 몸에 뛰쳐나온 곳은
별 하나 보이지 않는 하늘 아래
바람처럼 독기가 떠다닙니다.
마구 쏟아져 들어오는 그 쓰디씀.
정작 알 수 없는 흔들림은
저의 것이 아니었습니다.
하늘도 밤도 사람들도
모두 울고 있습니다.
멈추지 않는 울음 속에 눈물은
산산이 으스러져 허공을 덮습니다.
한 줄기 서늘한 한기가 느껴진 것은
한참이나 지난 뒤의 일이었습니다.

포항 가는 길

포항 가는 길은 하도 험해서
절벽 같은 산허리엔
메아리도 돌아오지 않는다.

세월처럼 파인 황톳길 너머
언젠가 잃어버린 음성을 찾아
나는 산을 헤맨다.
저 높은 산봉우리를 감싸 안은 구름을 보며
수없이 토해냈던 푸른 외침들.
이렇게 바람 맑은 날이면
돌아오지 않는 음성이
어딘가에 숨어 있을 것만 같아
나는 돌아갈 수가 없다.
어둠이 산을 넘어
차갑게 얼어붙은 산을 감싸고
영영 찾을 수 없는 저 너머에
외롭게 떨고 있을 이상의 운명.

포항 가는 길은 하도 험해서
주저앉은 마음엔
얼어붙은 눈물만 남았다.

누군가 물어온다면

시간은 작정을 無하고 흘러간다.
언제 무우가 무로 변했는지는 모르지만
月到天心處하고
"서울 하늘에 별은 출입을 금합니다."

통금에 걸린 별은 ☆임을 강력히 주장하지만
자의 반 타의 반 썩은 태양 속으로
외유를 떠난다.
우리는 별을 원하지 않아.

상업은행 명동지점 위에 서면 나는 부자다.
아무리 바람 불어도 흔들리지 아니한
숙녀의 스커트 위 십 센티.
산-23번지는 사양한다.

언젠가 돌을 본 적이 있다.
생긴 게 하도 우스워 그냥 던졌더니
누군가 나를 때린다. 왜
돌팔매질을 했냐고.
"그 돌은 잠정 휴업 상태요."

밤이 밤 같지 않고
사람이 사람 같지 않은 것은 다만
세상이 세상 같지 않기 때문이요
누군가 세상을 물어온다면
나는 할 말이 없다.

시인을 위하여 1

멀리서 밀려오는 한 무리의 눈.
거센 바람 태양은 가려졌다.
운명을 믿으라면
차갑게 식어가는 창살 밖으로
미소처럼 떠오르는 '제비'의 추억과
삶의 마지막 '길'을 노래하지 못한
한 시인이 눈물이 아니고 무엇이던가.
창밖 맴돌다 지쳐버린 눈보라 사이로
눈부신 빛살 퍼져오면
고통과 절망 가득한 죽음의 길을 넘어
시인은 잊어버린 기억을 찾는다.
어디에 그토록 묻혀 있었던가.
마지막 그 짧은 순간의 눈 떠짐을 위해
그리도 많은 형극 속을 흘렀던가.
울어도 울어도 눈물 솟지 않고
먼 강가 그 하얀 조약돌에 새겨둔 맹세만이
흔적 없는 눈물을 대신하노라.

시인을 위하여 2

두려움이 느껴진다.
삶의 열정으로 가득 찬 거리에는
이미 여름날의 침착한 휴식을 벗어 던진
많은 사람들이
서로에게 내보이는 현란함을
저마다 길 위에 버린 채
한구석 그늘의 말없는 시인을 조롱한다.
시는 갈가리 찢어지고
정신은 짓밟혔다.
아름다운 시인의 거리는
온통 밀려드는 졸음과 유혹에 얼룩지고
지친 행인의 손에
한순간 잡혔다 버려지는 광고물처럼
시인의 순수한 슬픔은
그렇듯 외면당했다.
아무도 존재하지 않는 거리
온통 드러난 허상의 움직임과 현기증.
나는
그 누구의 의식도 느낄 수 없었다.
오직 남은 것은

시인이 떠나버린 빈자리의

말없는 공허함과

아프게 가슴으로 옮아오는

타인으로서의 슬픔뿐.

작은 새 한 마리조차 날지 않는

도시의 이 좁은 하늘은

빛나는 도료의 광택을 지니고서도

금방 드러나는 매연의 빛깔과

지독한 알코올의 짜릿함으로 온통 뜨겁기만 하다.

언젠가 홀로 생각했던 삶의 방랑과

구겨진 고뇌의 단편조차도

짙게 드리워진 도시의 음울한 하늘 아래서

오히려 아름답고

중국집 이국 소녀의 이국적인 말은

수많은 건물과

좁다란 길 위의 화려한 사람들 속에서

오직

작은 감동을 줄 수 있는 전부였다.

무작정 걸어가는 낯선 길도

지루하게 늘어선 서점의 책들도

서로가 토해놓은 혼탁한 공기 속

스스로를 소모시키는 이 여름날의 우울함에서

나를 건져주지 못한다.

시인을 찾고 싶다.

나의 이 막막한 걸음을 멈추게 하고

한 줄 감정의 씨앗으로

나를 울 수 있게 해줄 시인을.

그의 창백한 품에 몸을 누이고

빛바랜 시의 향기에 취하노라면

어느새

나 또한 시인이 되어 무거운 가슴 끌어안고

스스로 무너져버릴지도 모른다.

나를 허물고 싶다.

아무도 의식해주지 않고

저 무거운 공간 속으로 밀어 넣지도 않는

오직

잔잔히 부서져버린

온갖 감정의 티끌만이 살아 있는

시인을 위한 내가 그립다.

이미 높다란 건물에 가려

붉게 마지막 삶을 태우는 해는 보이지 않아도

슬며시 어둠이 내려와

나의 빈 공간을 차지하고 있다.

오늘은 지나가버릴 것이고

내일은 또 그렇듯 기다리고 있을 것이다.

그러나,

나는 움직일 수가 없다.

마지막 시인의 쓸쓸한 떠남과

언제일지 모를 마지막 시를 위하여

나는 이 창백한 도시 위에

애도의 눈물을 흘려야 한다.

늦은 밤

늦은 밤
온 하루를 지배했던 시끄러운 권태의 세상은
이제 잠시의 휴식에 잠기우고
지친 마음도 어느덧
시원한 밤공기에 생기를 찾는다.
겨울밤,
차가움 속에 오히려 상쾌한 공기.
졸음을 재촉하는 라디오의 음악 소리와
숨죽여 밀려오는 짙은 어둠.
나는 어둠 속에 몸을 묻고
그 농밀한 음성에 귀를 기울인다.
유혹하듯
달래듯
아주 작게 다가오는 손길.
아주 먼 소리처럼
라디오의 노래가 끊어질듯 이어지면
나는 깊은 생각의 저쪽으로 사라져간다.
밤은 깊었는가….

바둑

양화점 향소목.

좌상귀에 높은 걸침.

밑으로 붙여야지.

젖히고 끌고 잇고 뛰고 전개할까.

아냐, 다시 좌하귀에 높은 걸침.

이걸 받아줘? 그래 참자.

또 한번 젖히고 끌고 잇고 뛰고

좌우 동형의 중앙에 턱 하니 못을 박는다.

우변의 중앙에 갈라치고

바싹 다가설 때

다른 쪽으로 세 칸 전개와 걸침을 동시에

뛰어드는 것은 어떨까.

역시 귀를 지키는 것이 좋겠지?

날일자로 받고 날일자로 달려올 때 손 뺀다.

상변 화점 부근으로 전개.

다음은 당연히 삼삼 침입.

위쪽에서 막고 세력을 튼튼히 한다.

이제부터는 본격적인 싸움이다.

서로의 의도를 역으로 찌르고 거스르며

한 치의 양보도 없이 집을 짓는다.

아니, 상대의 집을 줄이기 위해 싸운다.

오직 돌과 돌의 힘이 부딪혀

어느 하나가 무너질 때까지

살아서 움직인다.

낙조

삶과 죽음은
언제나 내 주위에 머물고 있는 것.
해가 지는 서쪽 하늘
붉은 태양이 남기고 간
그 찬란한 아름다움에
나 홀로 감동하곤 한다.
삶은 늘 불꽃처럼 스스로를 태우다
한순간에 사라져버린다.
그것은 비할 데 없이 엄숙한 죽음의 순간.
붉게 물든 구름과
산봉우리의 흔적에도
적막 같은 비애가 서려 있어
내 무너진 가슴에 그늘을 드리운다.
삶과 죽음의 경계에
저토록 아름다운 흔적 남을 수 있다면
그 누가 넘기를 두려워하랴.
존재의 소멸과
그것이 남긴 흔적을 기억하는 것은
스스로의 운명을 감지하는 깊은 슬픔뿐.
지나간 세월과

지나간 사람들의 기억이
한순간 적막처럼 사라져버릴지라도
영원히 남는 것은
마지막 흘린 한 줄기 눈물.
삶과 죽음은 단지
그냥 예전부터 있었던 것일 뿐이다.

무제

욕망과
그 욕망의 유혹에서 피하기 위해
오직 깊은 숨결만 남은
이 싸늘한 새벽에도
나는 눈을 감지 않는다.

어둔 새

내일을 위해 존재하는 시간은
오늘을 살아가기 위한 힘겨운 투쟁보다
무엇이 더 중요한가
살아가는 시간이 너무 괴로워
한순간 느껴지는 삶의 충격.

어두운 하늘, 어두운 땅
어두워질 수밖에 없는 피 끓는 청춘.
검은 새의 진실은 무엇인가
한없이 빨려 들어가는 심연으로의 몰입.
육체도 의식도
끝내는 온 세상이 검은 그늘에 덮여버리는
큰 날갯짓.

작은 공간, 축소된 공간, 평면의 삶 그리고
어느덧 티끌의 무게조차 없는 공간으로의 소멸.
의식의 무게가 느껴지지 않는 영혼의 소멸.
나는 어둠
저 깊고 순수한 어둠
잘게 부서진 영혼의 파편이 드리워진 어둠.

시간이 흘러가는 동안
허무한 종말의 여운이 담배 연기처럼 사라질 때
나는 다시 느낀다.
어둠이 숨어드는 영혼의 충격.

그림자

설움이 올라라.
온몸을 파고드는 따가운 햇살과
흐드러진 바람의 방만함이여.
쓰러진 정신은
끝내 움직일 수 없는 몸이 되어
스며드는 짙은 황토물에 취하고
바로 위를 스치듯 지나가는
스스로의 아름다운 그림자를
느끼지도 못한다.
홀로 된 정신은
사라져버린 그림자의
견딜 수 없는 아름다움만을 그릴 뿐
이미 불 꺼진 가로등 밑에 남겨진
한 작은 영혼을 외면한다.
그림자 없는 영혼을.

눈물

머리맡에 남겨진
한 조각 애처로운 눈물의 의미는
당신과 나에게 어떤 것일까.
부서지는, 산산이 부서지는 아름다움을
아름다움 아닌 고통으로 느껴야 하는 마음에
또 어떤 상처를 주려 함인가.
아니면 고통을 깨닫지 못하는 마음에
그 어느 불신의 마지막 안간힘을 허물고
쓰린 현실을 일깨워주려 함인가.
하늘 보고 흘린 눈물.
대지 위에 흘린 눈물.
사랑의 간절함에 흘린 눈물.
괴로움에 흘린 눈물.
그리고 이별의 의미 위에 흘린 눈물.
난 진정
진정 눈물을 흘려야 할 때에
한마디 거짓 없는 순수로써
눈물을 보였는가.
향기 섞인 눈물이 아닌
그저 눈물 그대로의 눈물을
난 진정 흘려보았는가.

도시예찬 1

도시에는 숲이 없다.
예전에 있었다던 숲은
광채도 가지가지인 네온사인의
일회용 에너지가 되어버렸다.
도시에는 숲이 있다.
높고 낮게 솟아난 빌딩과
열대식물처럼 화려한 사람들의 숲.
숲은 시원한 산소를 만든다.
그러나 도시의 숲은
단지 자판기에서 뽑은 캔 콜라처럼
그저 먹고 버릴 뿐이다.
한 뼘의 시멘트 블록이 소유한 땅이
나무 무성한 큰 산 하나보다 낫고
썩어 부패할 대로 부패한 하늘이
흰 구름 떠다니는 원색의 하늘보다 낫다.
숲속의 나무들은
좀 더 맛있는 양분을 위하여
투쟁의 구호를 올리고
혼자만의 땅을 위해
다른 나무의 뿌리를 몰래 파헤쳐버린다.

나무들의 삶은 예쁘게 포장되어 있었다.

그러나,

결코 다시 살고 싶지 않은 삶이었다.

도시예찬 2

도시에서 태어나다.

시멘트로 잘 다듬어진 십오 층 하늘에서

어린 시절을 보내고

사람이 살아가기 위해 꼭 필요한 거라는

공기를, 감사하는 마음으로 마셨다.

날마다 텔레비전을 보며

이 시대에 자신을 맞추려 했고

어느덧 십오 층보다 훨씬 높은 십팔 층에서

새로운 나를 만들어버렸다.

나를 닮아 신통한 녀석.

어쩌면 어릴 적 나와 저토록 닮았을까.

좀 더 높은 곳으로 이사해야겠군.

녀석은 점점 키가 크더니

어느 날 제 아이를 낳아줄 거라며

한 여자를 데리고 왔다.

그 언젠가 내가 그랬던 것처럼.

아무런 생각 없이 고개를 끄덕여주고는

그 애들이 우리보다 더 높은 시멘트 속으로

숨어들어가는 걸 지켜보았지.

나에게는 벌써 허연 머리카락이 났다.

그러니 좀 더 낮은 하늘로 내려가야지.

머리카락 수를 세어보았다.

그때마다 낮은 곳으로 낮은 곳으로 옮겼다.

어느 날 아침 창을 열어보니

그제야 나는 알았다.

가장 낮은 곳으로 내려와 있다는 것을.

도시에서 죽다.

삶의 소리

창밖으로 보이는 많은 사람들.
좁은 도로를 메워버린 차들.
철 지나가는 끝물 수박이 가지런히 놓여 있고
그 옆 다 낡은 천막 지붕 밑에는
시원스런 얼음 띄운 우묵 냉국을 파는 아줌마.
짜증스런 버스의 경적 소리조차도
오랜만에 들뜬 사람들의 외침 속에
어느덧 모두 사라져버렸다.
두 손 깊숙이 주머니에 찔러 넣고
느린 걸음으로 걸어보아도
날 보는 사람 아무도 없고, 오직
하얗게 부서져 내리는 태양과 사람들의 소리.
길게 늘어 선 싸구려 옷가지에도
구수한 아저씨의 입담과
그 웃음에 담긴 생의 역정이
원색의 색조로 흘러나오고 있다.
길모퉁이
약간은 쓸쓸한 골목길을 나서며
나는 들을 수 있었다.
삶이 스쳐가는 소리.

3부

눈이 내려앉으면

눈이 내려앉으면

눈이 내려앉으면

잡히지 않는 부드러움.

바람조차 스치기 아까워

살아 있는 빛만을 탓할 뿐.

가슴의 작은 흔들림은 적막을 살짝 젖히고

그 부드러움에 흔적을 남기고 싶어 한다.

한 겹, 두 겹, 몇 겹의 부끄러움

뛰는 가슴 한없이 부서져

정염의 티끌로 날아오르면

서늘한 바람은 연연히 내려준다.

욕망은 운명.

죽음을 앞에 두고도 지워지지 않을

그 아름다움의 허무와

뺨에 녹아드는 잔설의 감촉.

살결엔 옅은 소금기 배어 있어

타는 미각에 그림자 지운다.

귀마동

철새들도 쉬어가지 않는 벌판가에
스무 겹의 안개 감추어진 歸馬洞
눈빛 빛나는 사내와 꽃 같은 여인.
저 벌판 너머 영원히 이별 없는 땅을 찾아
두 마리 말에 타네.
길은 멀고 잠은 쏟아져
사내는 동으로 여인은 서로
흔흔히 인연의 실은 끊어져가네.
세월 흘러 돌아온 두 마리 말.
젊음은 먹물처럼 지워져버렸고
서로를 알지도 기억도 못하는 늙은 눈은
먼 하늘가의 갈 길만을 찾을 뿐이네.
세월이 흐르는 것도
세월이 흐르지 않는 것도 아닌 歸馬洞
단 한 번 돌아오지 않은 사람이 있었네.
돌아온 것은 빈 여인의 말뿐.
어딘가에 죽었을 여인과
그 여인을 찾아 지금도 헤매고 있을 사내.
제 모습도 보이지 않는 안개 낀 벌판에서
영원히 말을 타고 있으리.
바람도 피해가는 歸馬洞.

바람 소리

하늘에서 별이 사라지던 밤
내 운명은 바람 되어 날아갔다.
흙먼지 날리던 길이 그리워
먼 하늘가엔 오르지도 못해
지금도 울고 있을 바람.
해가 질 때면
한낮의 흙먼지도 가라앉고
죽음은 동쪽 하늘에서 다가온다.
구슬픈 바람 소리.
저 얼어붙은 하늘을 건너지 못해
결국엔 쓰러질 바람 소리.

지상예찬

하늘이 거하게 취해
실끝 같은 눈발을 쏟아내고 있다.
여기서 한 모금, 저기서 한 모금
달도 숨어버렸다.
하늘은 알고 있을까.
눈 내리는 지상이 그토록 아름다운 것을.

창밖의 비

하늘을 볼 수 있어
생은 늘 처음으로 돌아간다.
문득 메마름처럼 헛된 것도 없다고 느낄 때
활짝 열어젖힌 창으로
하늘은 한없이 쏟아져 오고
종일 비가 온 날이면
하늘은 생각처럼
혼자 깊어만 간다.
절망이 그 어두운 눈으로 바라보아도
싸늘하게 스쳐가는 한 줄기 느낌은 바로
하늘가에 먼먼 하늘가에
아직도 날고 있을 꿈일까.
아련하게만 이어지는 눈물의 기억들과
점점 두꺼워져가는 하늘의 깊이.
긴 입김 속으로 기억을 내뱉는다.

겨울 초상

문득 겨울이 춥다는 걸 느꼈다.
그렇게도 메마르게 보낸 날들이
이젠 희미한 숨소리마저 잃어버린
그의 저편으로 사라져간다.
불어오는 매서운 바람
흩날리는 거리의 현수막은 차라리
겨울 속에 흐느적이는 나를 닮았다.
부옇게 흐려진 창문마다
사람들 얼어붙은 채 매달려 있고
그들을 실은 버스는 멈추지 않는다.
허물어진 지붕 밑의 버스 스탑에는
옷깃 꼭 여민 나와 한 여인
왠지 따뜻한 마음을 가진 것 같은 그녀에게
한마디 말이라도 걸어볼까.
그러나
만남은 결국 각자의 길로 흩어지는 것.
아무런 말없이 자리를 지키다
끝내 겨울 속 구석으로 사라지고 마는
어느 날의 이야기.

겨울비

한겨울
얼어버릴 듯한 공기의 미동도
어느새 죽어버린 대지의 숨결에 잠재우고
시린 눈가에 머문 삭막함의 정서는
감겨오는 따뜻함에 녹아버렸다.
언젠가 아득한 기억 속에 살아 있는 그 감촉이
차가운 걸음 위에 떨어질 때면
잠겨드는 투명함 속으로
가슴 툭툭 털고 나는 떠난다.
살아가는 동안 수없이 만나는 비 중에
겨울 눈 위에 떨어지는 비는
눈 감은 내 맘 속에
잡을 수 없는 모호함을 만든다.
무심히 옮겨지는 정신.
어디를 가도 좋다.
짙은 색으로 물들어가는 대지와
시원한 비빛 내음이 온통 어지러운 세상.
흐린 하늘이 있기에
투명한 영혼은 가슴 가득 날아오른다.
감미로운 리듬에 맞춰 내딛는 발걸음엔

어느새 멀리 저녁을 알리는 종소리가 떨어지고
한동안 잊었던 시간의 기억이
쏟아지는 낙조의 여운에 실려
머리 위로 내린다.

아침 풍경

살고 있음이 느껴진다.
아직 누구의 숨결도 닿지 않은 이른 아침에도
생명의 대화 소리는
여기저기에서 스며 나오고 있다.
한낮의 뜨거운 완성을 기대하는
텅 빈 공사장에는
침묵 속에 기지개를 펴보려는
신선한 기운이 돌과 돌 사이를 흐르고
한때의 더위에서 놓여난
작은 숲속에는
밤새 새롭게 내려앉은 이슬과
아침 바람에 몸을 실은 아카시아 잎이
생명의 언어를 주고받는다.
아직 해가 뜨지 않은
이 순결한 아침의 수줍음이여.
그 눈부신 미소가 머문 눈매에
스스로 황홀해한다.
너무나도 고요한 정적 속에서
바람마저 흔적 없이 지나가고
유일한 이방인인 나는 발걸음을 죽인다.

멀리서 붉은 조짐이 보일 때
나는 조용히 돌아선다.
삶이 강하게 끌어당겼다.

첫눈 1

지친 마음에
힘겹게 열어본 커다란 창문.
순간 싸늘한 기운에 실려
온통 보이는 하얀 세상.

올려보아도 자꾸 올려보아도
끝없이 쏟아지는 무너짐 속에
난 차라리 산산이 부서진 조각이 되어
저 수많은 가운데 휩싸이고 싶다.

철없는 아이의 하얀 동심과
녹슨 세상의 더러움이
저 영혼의 눈물 속에선
모두가 같은 하얀색으로 덮여
그 모든 모습을 감춘다.

눈은 그래서 좋다.
오직 있다면
잠든 세상의 한가로운 숨소리와
하늘을 날고 있는 투명한 순수뿐.

내 잃어가는 마음을
저 눈 속에서 다시 찾고 싶다.
그리움으로도 돌려받지 못했던
오래전 그 속에 묻혀버린 마음을.

첫눈 2

눈이 내린다는
첫눈이 내린다는 친구의 말에
무덤덤한 마음으로 문을 나섰다.
문이 열렸을 때
갑작스레 얼굴을 스치는 그 싸늘함.
긴장처럼 작은 떨림이 어깨를 두드렸다.
눈이 오고 있었다.
정말 눈이 오고 있었다.
캄캄한 하늘엔
한없이 쏟아지는 하얀 눈송이뿐.
그려낼 수조차 없을
가로등 그 따스한 빛깔에도
눈은 가볍게 가볍게 내려앉았고
불빛에 실린 먼 하늘의 거리엔
빛나는 생명의 흔들림.
눈은 느낄 수 있을까.
세상의 이 차가운 공기를.
한기조차 가슴 깊게 다가오는 것은
눈을 안은 세상의
그 따스한 마음 때문이 아닐까.

하루의 끝에 안겨

지는 해의 어두움엔
내 쓸쓸한 아픔의 자취가
고스란히 품어져 있다.
눈 속에 묻혀버린 낙엽의 안도는
오염된 세상을 볼 수 없는 기쁨인 것처럼
흐르는 세월의 어귀에서
기쁨도 슬픔도 그저 잔잔하게 바라보는 마음은
보이는 것 하나 없는 아름다운 눈
그 개안의 기다림이다.
어제와는 다른 오늘의 태양이
저 멀리 내 마음을 담아 보내고
실처럼 끊어질 듯 이어져 오는
슬픈 과거의 이야기들.
막 아름다운 개안의 순간이 지나면
보인다.
눈물 속에 잠겨 있는 내 과거와 감았던 눈.
붉은 기운에 감싸인 그 투명한 욕망.
미지의 내일은 늘 그렇듯
또다시 나를 비껴간다.

도시의 나무

흐린 일요일 세상은
자욱하게 떠다니는 나른함으로 가득하다는 걸
아무도 가르쳐주지 않았다.
마른 얼굴에 하얀 각질 돋아나는 계절.
죽은 길을 쓸어가는 싸늘함과
이미 오랫동안 보이지 않는
햇살의 축축한 빈자리.
그 더럽게 음울한 날에도
난 여전히 녹슨 은빛의 옷을 벗지 못해
바람이 오지 않는 구석을 찾아 헤맨다.
나른함의 무게를 견디지 못해
땅 끝까지 늘어진 가로수.
잎이 모두 사라졌다는 것은
무엇을 뜻하는가.
사람들은 나를 보려 하지 않고
둔탁한 도시의 냄새만이 나를 알고 있다.
사라진 것들에 대한 기억은
늘 아픔보다 더한 허무함으로
나의 눈을 감기게 하고
빛처럼 가득한 찬란함을 꿈꾸며

한순간 나는 다시 모든 것을 망각으로 보낸다.
나는 정말 믿고 있는 것일까.
이미 말라버린 저 가로수 가지에
다시 푸른 잎 솟아나는 것을.

나무도 늙어가네

이제 세월 다 지났네.

마른 잎 사이로 어느새 다가와

어둑한 공기는 그늘을 내리고

이미 고요한 세상 황금빛으로 물들었네.

이제 어디로 가나.

지친 몸 생기 하나 없어

가슴엔 눈물조차 스며들지 않는데.

사랑 또한 가버렸네.

푸른 잎 물기 젖어 빛나듯

그런 사랑 모두 가버렸네.

돌아보면 아무도 보이지 않는 것은

이 고요한 저녁에 홀로 남았다는 뜻.

가슴을 훑어가는 적막의 그림자만

내내 떠나지 않고 같이 있네.

이제 곧 밤이 찾아오리.

그리움의 눈물도

메말라 핏기 없는 살결도

모두 어둠에 가려 보이지 않는

아름다운 고통 찾아오리.

마음 한없이 아프네.

이제 생명 다한 가지 끝 잎사귀들을
어떻게 보내야만 하는지,
오래전에 잊은 모습들
왜 이렇게 자꾸만 생각나는지.
짙어가는 저녁 냄새 밀려올 때
지난 사랑 그리워 한참을 울었네.

얼음꽃의 꿈 1

멀고 먼 얼음의 나라.

가는 사람 많지만 돌아온 이 없는 곳.

달 없는 朔夜에 작은 배 하나 띄운다.

노 힘껏 저어 파도 가르면

그 깊고 어둑한 물속에 서린 그림자.

그것은 구름벽에 가린 달의 비애.

北國의 얼음 섞인 바람 못 잊어

끝내 한기 어린 해저에 몸을 묻고

북쪽 가는 갈대배에 마음 실어 보내는구나.

나의 꿈은 北國에 가는 것.

작은 배 바다의 숨결마다 흔들려도

끝없는 얼음의 고장,

그 모든 차가움의 근원을 찾아 떠나면

내 영혼의 그림자처럼 따르는 달.

홀로 배 위에 누워

아직도 보이지 않는 그의 흔적 찾을 때면

문득 北國 찾아 떠난 그 많은 사람들

다 어디로 간 것일까.

돌아오는 배 하나도 없는데.

숨 쉴 때마다 서걱거리는 입김.
서리 같은 침묵의 날들 지나고
떠다니는 얼음덩이 곁을 지날 때
코끝을 스치는 얼음의 향기.
하얀 눈에 덮여 결빙의 소리 들리는 곳은
분명 그토록 찾았던 북쪽의 땅.
얼음 가루 안개처럼 날리는
나는 그 未然의 바다를 건너
마음이 닿듯 얼음의 산에 닻을 내린다.
발밑에 닿는 것은
이제는 얼음 된 눈의 그 오랜 단단함.
모든 흐름은 무의미한 것.
시간마저 얼어붙은 광막한 벌판에서
존재란 다만 스쳐가는 바람과도 같은 것.
나는 그저 걸어 벌판을 넘어간다.
돌아올 수 없다는 것을 알면서도.

그것은 꽃이었다.
수없이 펼쳐진 얼음의 파편 사이에
홀로 가장 빛나는 것.

그 어떤 結晶보다 투명하고

그 어떤 가치보다 찬란한.

떨리는 손 내밀어 잡으려는 순간

손가락이 꽃잎에 닿으려는 바로 그 순간

모든 것 멈춰지고

꿈처럼 허무하게 나의 손은 결빙되기 시작했다.

이미 정해진 운명이었지만

안타까운 손끝은 결코 꽃잎에 닿을 수 없었다.

심장까지 들어온 얼음의 숨결.

그제야 알았다.

수없이 펼쳐진 얼음의 파편

그것이 무엇인지를.

그토록 많은 사람이 돌아오지 않은 이유를.

그리고 나 또한 산산이 부서져

이 적막한 얼음의 골짜기에 흩어질 것임을.

마지막 온기마저 떠나갔을 때

나는 보았다.

이미 은빛으로 넘실거리는 달빛과

내 작은 배에 실려 멀어지는 영혼의 그림자를.

슬픔에 못 겨운 그의 떨림을.

마지막 눈물이 얼은 몸을 타고 흘렀다.

얼음꽃의 꿈 2

아침 어둠

이미 깨어나야 할 시간.

北國의 밤은 너무나도 깊어

한참이 되어도 어둠은 물러서지 않는다.

차디찬 바람 사이에 두고

빛 희뿌옇게 번뜩이며 부딪혀올 때

치열하게 맞서는 밤의 입김.

그 누가 알 것인가

아직 빛조차 채 찾아들지 않은 벌판에

이토록 아름다운 꽃 있음을.

짙은 안개처럼 퍼져 있는 어둠 안에

투명한 잎 활짝 편 얼음의 꽃을.

빛

빛이 머무는 시간은 찰나. 독기 머금은 햇살의 잔인
함에 온통 빛나는 항거의 몸짓. 얼음의 파편들은 그
늘을 찾아 숨어들고 꽃마저 정신의 문을 걸어 쏟아
지는 햇살을 막는다. 왜 이토록 환한 빛이 오히려 고
통스러운지 웅크린 등을 타고 역류하는 하얀 피. 바
람에 실린 낯선 온기마저 목을 죄는 답답함으로 解

氷의 아픔만을 남겨줄 뿐.
햇살은 따스하나 그 무엇도 돌아다니지 않는다.

밤으로
구름 검게 변하고
음울하게 내려앉은 빛의 잔상들.
바람의 흔적 사라진 후
한없이 고요한 적막의 노래만이
물들어가는 하늘과 얼음과 벌판을 떠돈다.
아직 남은 한낮의 온기 조금씩 쓸려가면
단단한 얼음 사이
숨었던 어둠 새어나오고
감춘 잎 펴내는 얼음의 꽃.
은밀한 유혹처럼 깊은 허무의 향기
어둠의 가운데로 퍼져나갈 때
달 없는 하늘의 슬픔은 이내
얼음보다 차디찬 하얀 가루 되어 떨어진다.
결국은 단단한 얼음의 몸이 될 운명.
어둠이 감추어준 그 투명한 정신
한없이 넓은 벌판을 돌아다니리라.

날이 밝을 때까지
다시 解氷 시작될 때까지.

얼음꽃의 꿈 3

1.

나 이렇게 산산이 흩어질 줄
밤새 내린 눈 맞으며 수많은 영혼 떠다닌다.
한없는 어둠 속 불면의 밤은
너무 외로워 힘들고
떠나버린 달은 아직도 돌아오지 않는다.
이젠 무디어진 감각의 틈으로
그래도 남아 있는 눈물
새하얀 눈에 실려 얼음꽃에 떨어진다.
단 한 번도 닿지 않은 얼음꽃.
그것은 모든 방황하는 영혼과
모든 잊지 못한 것의 그리움.
결코 만질 수 없는 아련한 슬픔.

2.

많은 날이 지나도 알지 못했다. 왜 이토록 가슴 아픈
지를. 꽃은 그저 피었다 다시 잎을 접을 뿐이지만 아
무도 묻지 않았다.
하지만 안다. 어느 순간 남아 있던 눈물마저 다 떨어
져버릴 때 다시 돌아갈 수 있으리란 것을. 그토록 아

픈 날들 또한 그냥 그렇게 잊혀지리란 것을.

꽃은 그래도 남아 있으리라. 이 춥고 먼 북쪽의 땅을 찾아 눈물 뿌려줄 사람들을 위하여. 결코 꺾이지 않으리라.

밤의 의미

그대 아는가
담배 연기 흩날리는 밤의 의미.
이미 세찬 바람 다 지나고
미처 못 따라간 구름 조각들.
허공에 뿌린 재 가루처럼 흩어지는 것.
저 서쪽 하늘가엔 한때
혼을 가진 자들의 피로 물들어
천년보다 깊은 침묵의 역사를 흔들었고
돌이켜보면
그토록 한순간에 타오르는 붉음이 또 있었을까.
가슴을 흘러
모든 사념을 쓸어가버리는 이 차가운 강 위에
불씨 하나 남지 않은 밤.
누군가 담배 연기 흩날릴 수밖에 없는
밤의 의미를 물어온다면, 가슴으로
나는 저 어두운 하늘을 향해
불씨 되어 날아가버리고 싶다.

가을 또 가을

흘러 흘러 왔다가 다시 가고
이렇듯 또다시 찾아온다.
한 몸 가득 배인 짙은 유랑의 내음과
길고 긴 客道의 恨.
머물 곳 한 곳 없어
붉게 익은 들판 가운데에
긴 몸 누이면
곧 다가올 소멸의 시간을 속삭이는
생기 잃은 황토.
눈 가만히 감으니
세월처럼 돌고 돌아
오래된 바람은 그 옛날처럼
감미로운 손길로 어루만져온다.
죽음은 늘 고요하게 찾아오고
이미 지쳐버린 마음은
운명처럼 그대로 흙이 되어버린다.
운명은 잔인한 것.
걸어도 걸어도 다시 돌아오는
내 영원한 허무의 마음과도 같은 것.
귓가를 스치는 들풀의 감촉을 느낄 때
가을은 그렇게 내 곁에 있었다.

눈 오는 날에는

나는 안다.
눈 오는 날에는 코끝이 찡하다는 것.
절절히 얽힌 슬픔이
모두 녹아버리기 때문이란 걸.

나는 안다.
눈 오는 날에는 왜 그렇게 조용한지.
세상의 질긴 원망을
모두 삼켜버리기 때문이란 걸.

삶은 숭고한 것.
내 유년의 하루를 하얗게 덮었던 정신은
영원한 시간 사이를 끝없이 돌아
이렇게 내 앞에 다시 섰다.
그것은 순수.
내 삶의 어딘가에서 헤매고 있을
한없이 가여운 정신.

눈

사람의 흔적 찾아오면
바람은 흔흔히 솔숲으로 사라져버린다.
먼 후일의 운명 같은 황토.
사람 냄새 다 씻기어
황토 가득한 땅에 마음을 묻는다.
나무는 지금도 기억하고 있다.
껍질을 두들기던 차가운 계절과
빛을 뿌리듯 내려오는 눈.
아!
서리는 황토를 가르며 솟아오르고
터진 상처 마디마디엔
인고의 결정으로 산개하는 눈.

무제

늦은 아침 문득 나선 밖은
한없이 흐린 하늘이 다가온다.
망설이는 발걸음은 점점 더뎌지다
어느새 눈 속을 파고드는 빗방울 하나.
우산을 가지러 돌아갈까.
어두운 하늘과 우울한 마음.
갈색 우산은 미학적으로 어울릴까.
역사는 늘 의미 없는 방황과 헤맴으로
좌절과 반복을 되풀이한다.

흐린 날의 감상

비가 올 것 같은 예감이 들면

하늘은 그윽한 영혼의 바람 된다.

하나의 움직임에

감은 눈을 스치는 갈 곳 없는 마음들.

흐린 바람이 남겨놓은 건

세상 위의 그 무엇도 아니다.

결코 매이지 않는 마음들.

하늘 가득 부서져 내리는 은빛의 자유.

차라리 산산이 부서져버렸으면….

아! 한없이 내려앉은 가슴아

열두 폭 병풍에 싸이어

별조차 바람 너머 숨어버렸나.

겨울의 죽음

허공에 매운바람 나부끼고
텅 빈 사거리의 가운데엔 아무도 나서지 않는다.
긴 기적 소리에 정지한 신호등.
버스 지나간다. 두통처럼.
언젠가 날려버린 조소의 칼날은
'길'에 무참히 꺾이어버리고
미친 파편은 새들을 죽인다.
불타는 저녁놀에 비친 아기 업은 여인
붉게 굴든 귀밑머리 흔들리면
조용히 안기고 싶다.
태엽처럼 감겨오는 어둠이 갈라놓고
본능이 가져다준 절망이 나를 슬프게 해도
그 품에서 흐느끼고만 싶다.
떨어지는 새들이 내 눈 멀게 한다.
매운바람에 흘리는 눈물처럼
죽음은 너무나도 가까이 있어
나는 가슴마저 닫는다.
거리도 여인도 어둠도 죽음도
이젠 보이지 않는다.
먼 하늘가에 흘러가는 눈물만이
내 아픈 심장을 적실 뿐.

겨울밤

한 숨 길게 들이켜면
파사사삭
온몸에 녹아든다.
텅 빈 방안에 흔적 가득하고
오래된 음악 소리 감겨온다.
가로등 불빛 연기처럼 부서져도
어둠은 점점 나를 숨 가쁘게 하고
깊고 깊은 무너짐 속에
붉은 꽃은 시들어버렸다.
겨울밤 창밖에는
생의 허무처럼 추운 바람 불겠지.
그리고
꺼진 담배 다시 불붙이면
잠은 곱게 찾아올 거야.

겨울 하루

집을 나섰다.
주름진 구두 결을 잠시 매만지다
얼음 녹아 질펀한 흙을 돌아서 간다.
문 닫은 포장마차 위로
플라스틱 냄새 같은 불쾌한 훈풍이 고여 있어
흐트러진 머리칼을 자꾸 더듬는다.
처진 눈썹을 세워보고
입술 힘껏 다물어보아도
교습소에선 피아노 소리 들리지 않고
금방 떠나버린 버스는
칙칙한 그을음 속에 비웃음만 남겨놓았다.
가끔씩 심술 같은 한풍이
한참 동안 물지 않은 담뱃불 꺼버리고
촉촉한 라이터는 미끈하게 몸짓한다.
날이 저물고
인적 없는 골목을 돌아
집에 들어선다.

가을비

가을날
갑자기 다가온 비를 본다.
긴 한숨처럼 끝없이 이어졌다가
어두운 밤
소리 없이 켜졌다 꺼지는
형광등 같은 번개에 놀라
이리저리 몸을 떤다.
멀리서 기다란 천둥 치는 소리가
왔다가는 금세 물러가고
작은 아카시아 잎사귀와
쉴 새 없이 맞추는 호흡 소리가
따닥따닥 귓가로 전해온다.
예전에 몹시도 무서워했던
이 어둔 밤의 빗소리.
이미 한참을 자라버린 나에게는
그저 아무 때나 찾아오는 손님일 뿐.
이불 포옥 뒤집어쓰고
긴긴 밤이 빨리 지나가기를 기다리던
어릴 적 내 모습이
진정으로 그리워지는 건 무엇 때문일까.

따닥따닥

달라진 것 없는 빗소리

따닥따닥

시간이 자꾸만 거꾸로 흘러

나는 그 어디론가 가고 있었다.

오후의 비

비가 내리고 있다.
밖을 볼 수 있는 유일한 창문에는
군데군데 죽은 거미줄이
어지럽게 걸려 있고
철망이 드리워진 그 조그만 구멍 사이로
마치 이른 새벽안개가 피어오르듯
온통 공기 속에 퍼져 있는 뿌연 물방울과
지칠 줄 모르는 화가의 붓처럼
갑자기 온 세상을 짙은 물빛으로 칠하고 만
아름다운 빗줄기가
끊어질 듯 이어진 채
눈을 지나 가슴으로 스며든다.
이미 하늘의 구름은 사라진 지 오래되었고
무너질 듯 위태로운 회색빛 하늘에는
멀리 길 잃어 퍼덕이고 있을
큰 날개의 새 그림자만이
우울한 빗속에서
힘겹게 눈 뜨고 볼 수 있는 가치 있는 것이었다.
비는 계속 내리다
절정을 찾아 헤매듯 자꾸만 세차게 쏟아져오고

어느덧

숨을 곳 없는 이와

홀로 피하지 않는 이만이

숲을 깎아 만든 큰 길 위에 남겨져

한 손에 깊이 움켜쥔

오래된 펜과 쓰다 만 시를 위하여

스스로 축배를 들고 있다.

비는 아직도 내린다.

그러나 언젠가는 그칠 것이다.

나는 아직도 빗속에 젖어 있는

나와 다른 이들을 바라보며

방만과 고뇌의 잠 속으로

슬며시 빠져든다.

어렴풋이 소리가 들려왔다.

깊은 밤에

모두가 잠든 것 같은 늦은 새벽
모든 사고의 방향을 끌어당기던 일도
한순간에 사라져버리고
깊은 숨결 속에 가득 채워진 담배 연기.
이것이
살아가는, 아니 살아갈 수밖에 없는
유혹의 쾌감인가.
달조차 보이지 않는 이 창백한 어둠이
나를 잠 못 들게 한다.

저녁 하늘

식당을 나서다
문득 바라본 저녁 하늘.
너무나도 선명한 붉은빛이
가슴을 찔러왔다.
온몸을 스치는 전율을 느끼며
걸음을 멈출 수밖에 없었다.
존재하고 싶지 않았다.

구름이라면

인간이 산다는 것은
한 줌 조그마한 추억을 잊지 못해
내내 그리워하는 것일지도 모른다.
스스로를 과거의 기억 속에 가두면서
돌아가고픈 회귀본능과
냉정한 현실의 쓰라린 배신감을 어루만져줄
그런 옛이야기에 충실한다.
내가 한순간
쏟아지는 빗속에서 흘리던 눈물과
말없이 침묵 속에서 바라보던 그때 일을
가끔씩 떠올린다는 건
내가 그 순간을 얼마나 아름답게 느꼈는지 알 수 있다.
고통은 늘 따라오는 것이지만
기억은 영원한 내 일부가 된 것이다.
추억을 하나씩 되뇌며
그렇게 한평생 보내노라면
금방 지나간 세월의 흐름도
한낱 지나가는 구름의 머무름일지도 모른다.
그러나 희노애락의 한 시절 한 시절이
어느새 空으로 여겨질 때쯤이면….

4부

길
위에서
만난
그대

길 위에서 만난 그대 1

십 몇 년의 세월이 지나는 동안에도
결국 잊지 못했다.
지금도 비가 올 것 같은 밤이면
나는 옷 끝에 걸린 무게까지 다 털어내고
낙엽 지는 나무 앞에 선다.
다가오는 비의 예감에
숨소리 하나 들리지 않는 그 고요함과
이미 나의 의식을 떠난 짙은 갈망.
축축해지는 하늘을 보며 묻는다.
얼마나 더 기다려야 하는 걸까.
그녀를 잊는다는 것이.

길 위에서 만난 그대 2

비가 오는 날이었다.
돌아보면 운명은 늘
비와 함께 오곤 했다.
처음 그녀를 보았을 때도
비는 투명한 가을 하늘을
온통 새하얗게 가리었고
짙은 갈색 우산 속의 그녀를
나는 젖은 낙엽인 줄 알았다.
낙엽,
이미 떨어져버린 슬픔.
그러나 나는 보았다.
아직 다하지 않은 그 생생한 생명.
아니 삶보다 더 찬란한 그 고요함을.
비는 그녀를 비껴
내 마음에 내렸다.
아무도 알지 못하게 소리 죽이며
내 가슴을 적셨다.

비가 그치고 그녀 가버렸을 때
하늘을 올려다보았다.
이미 그녀는 가까이 다가와 있었다.

길 위에서 만난 그대 3

밤이 깊어진 지 오래되었어도
나는 조용히 깨어 있다.
어둠은 너무나도 깊어
지나치는 시간의 흐름조차 보이지 않고
가끔씩 곁을 스쳐가는 건
먼 곳의 푸르스름한 달빛.
나는 잡히지 않을 줄 알면서도
창문을 넘어오는 그 투명함을
손끝에 걸어보려 한다.
가만히 아주 가만히
손끝에 닿는 순간
서늘한 가을바람처럼
그것은 허무하게 흩어져버리고
못내 아쉬운 감촉만이
가슴속으로 스며든다.
나는 안다.
달빛이 이토록 아름다운 이유를.
비에 젖은 낙엽 같은
그녀를 닮았기 때문이라는 것을.
그것은 꿈과 같은 것.

아무리 깨지 않으려 해도
끝내는 깨어버리고 마는
감미로운 통증과도 같은 것.
나는 잠들지 않았다.
어둠조차 잊어버린 밤을 넘어
꿈이 없는 세상으로.

길 위에서 만난 그대 4

가을이 자꾸만 깊어가
끝내 돌아올 수 없을 만큼
훌쩍 지나가버렸을 때
짙어가는 바람의 두께만큼
거리에는 수북이 낙엽이 쌓였다.
나는 매일 그녀를 보았고
서늘해진 공기 속에 놓여진
그녀의 머리카락을 보았다.
그녀는 알고 있을까.
바람 가만히 불 때면
한없이 조용하게 실려와
내 가슴 뛰게 하는 그 향기를.

길 위에서 만난 그대 5

노을이 유난히 붉은 날
홀로 멈춰 섰다.
이미 보이지 않는 해의 흔적
조금씩 흩어져가면
어둠에 실려오는
그 깊은 고독의 숨결.
아무도 알지 못하는 숙명의 끝을
나는 느낄 수 있다.
그것은
길 위에 멈춰 선 자만이 볼 수 있는 것.
정지한 시간의 가운데에서
끝없는 환상에 잠긴 자만이 알 수 있는 것.
식어버린 하늘의 눈빛조차
어찌할 수 없는
나는 그녀의 마음을 그려본다.
언제나
내 깊은 곳에 자리한 고독의 근원과
먼 길을 돌아오는 환상의 끝.
가슴 끝을 누르는
그 순결한 아픔을
나는 결코 잊지 못하리라.

길 위에서 만난 그대 6

어느 날
풀밭에 누워 하늘 바라보는 나에게
그녀 다가와 물었다.
하늘에 뭐가 있느냐고.
발밑에 깔린 마른 풀 소리를 들으며
내가 말했다.
저 끝도 없는 하늘 위엔
잡을 수 없는 것,
보아도 보아도 찾을 수 없는
갈망이 있다고.
그녀 다시 물었다.
그럼 처음부터 찾지 않으면 되지 않느냐고.
나 말했다.
이미 가슴 깊이 드리워진 갈망은
영원히 지워지지 않는다고.
햇살에 반짝이는 풀잎을 보며
그녀 내 곁에 누웠다.
소리 없이 부는 바람이
그녀의 귓가를 스쳐
눈 감은 내 코끝을 지나갔다.

나는 그녀를 보지 않았지만
알 수 있었다.
파란 하늘 너머 헤매는
내 마음의 곁에
가만히 다가선 그녀의 눈을.
구름 하나 없는 날이었다.

길 위에서 만난 그대 7

사랑.

이젠 가슴 아픈 날들.

길 위에서 만난 그대 8

지금도 기억한다.
몇 번의 계절이 지나고
또다시 찾아온 겨울.
나 떠나던 날
홀로 길을 걷고 있던 그대.
한없이 쏟아지는 눈
그대로 맞으며
난 먼 곳의 그대를 바라보았다.
목 끝까지 차오르는 음성은
여린 눈물 같은 하늘의 속삭임에
끝내 묻혀버리고
처음 만났던 길 너머로
그대 사라졌을 때
나 또한 내 마음
순결한 눈 속에 묻어버렸다.
그토록 젊은 생의 한가운데에서
허무하게 사라져간 그대여.
잊지 못하리.
고통보다 더한 안타까움으로
나 결코 잊지 못하리.
나의 그대여.

길 위에서 만난 그대 9

길은 바뀌어
세월의 흔적조차 남아 있지 않아
내가 찾고 싶었던 것
하나 찾을 수 없고
사람들 다 떠나간 하늘엔
묵은 공허만이
그토록 오랜 시간을 떠돌고 있다.
이미 나를 잊었을 그대.
쓸모없는 잡담처럼
돌아서면 하얗게 지워져버렸다가
끝내는 다시 찾아와
나 이렇게 그 길을 서성인다.

길 위에서 만난 그대 10

오랫동안 읽지 않았던
그래서 색깔마저 변해버린 책을 펴다
문득 찾아낸 나뭇잎.
건드리면 부서질 것 같아
가만히 집어본다.
언제였을까.
온통 낙엽 떨어지던 날.
내 마음에 걸린 것은
누군가를 닮은 낙엽의 애처로움.
난 책 속에 내 마음 묻었고
세상에서 변치 않는 것 있다면
그건 바로 내 사랑이라 믿었다.
하지만 이미 퇴색된 나뭇잎
그 생명의 소멸은
그리움조차 허락하지 않아
덧없이 부서져간다.
내 마음 또한
먼지처럼 흩어져버렸다.

길 위에서 만난 그대 11

문 앞에 가만히 서서
종일 내리는 비를 보았다.
늘 그렇듯 비는
나를 스쳐간 많은 사람들의 기억 고스란히
공기 속의 흔적으로 남긴다.
때로는 길게 또 때로는 짧게
흐린 배경에 그리운 영상 드리우지만
젖은 땅 위에 떨어지는 순간
작은 파문 허무하게 사라져버린다.
한참을 그렇게 마음까지
내리는 비에 맡기고 있노라면
언젠가 비 내리는 날 만났던 그녀 모습
금방 나타날 것만 같아
나는 내내 움직이지 못했다.
지금 어디엔가 있을 그녀.
그곳에도 비는 이렇게 내리고 있을까.
피부를 훑어가는 한기만이
미어지는 가슴을 만져주었다.

길 위에서 만난 그대 12

친구가 물었다.
왜 그렇게 그녀를 잊지 못하느냐고.
난 웃으며 이미 잊었다 했다.
다만 잊지 못한 것은 그녀가 아니라
내 젊은 나날들,
이젠 돌아갈 수 없는 아름다운 시절이라 했다.

길 위에서 만난 그대 13

어느 날 문득
창 너머 바라본 세상은
꽃향기 풀풀 날리는 봄이었다.
아파트 그늘 밑 축축한 땅에도
이미 따스한 입김은 찾아와
가리었던 생명의 눈을 깨우고
풀밭 부는 바람에
나는 가만히 마음을 실어본다.
지나가는 사람 하나 없는
이 고요한 오후에
가슴 깊은 곳 미어진 무엇을
햇살은 조용히 두드리고 간다.
생각하면 왠지 꿈과 같은
그래서 다시 찾을 수 없는 환상처럼
햇살 눈부신 하늘, 바람이 가는 곳으로
나는 꿈을 꾸러 간다.
내 삶의 길 위에서
그토록 아름다운 햇살 또 있었을까.
이렇게 따스한 봄날에도
오랜 세월 그 두터운 망각의 강을 넘어온

이야기를 나는 잊을 수 없다.
왠지 가장 소중한 무엇 잃어버릴 것만 같아
슬픔 모두 감추고
꽃향기 가득한 오후가 저물도록
내내 하늘만 바라보았다.

길 위에서 만난 그대 14

슬플 때가 많았다.
언젠가 다시 돌아갈 수 있으리라는
그러나 왠지 쓸쓸한 상념을
나는 지난 삶의 어귀마다
낙엽처럼 뿌려놓았다.
돌아볼 때면
조금씩 물기마저 잃어가다
이제는 형체조차 보이지 않는다.
내 마음 또한 그런 것일까.
세월은 나에게서
가슴 접은 응어리마저 앗아갔다.
결코 떨치지 못하리라던
하지만 마지막 한 줄기 끈처럼
차마 놓을 수 없었던 미움마저
이젠 모두 떠나버렸다.
비어버린 가슴
이제 무엇으로 채워야 하나.
그토록 오랜 시간
적막 가득한 삶의 이면을
나는 모두 잃어버린 자의 허무함으로

그냥 흘려보냈을 뿐.

삶이 더 이상 아름답지 못하다는 걸
나는 이제 안다.
그래도 돌아가고 싶은 것은
나 아직 잊지 못한 무엇 때문일까.

길 위에서 만난 그대 15

햇살 가득 내 삶의 주위를 감도는 날
아직 성긴 나뭇잎
그 위에 내려앉은 권태로움을
나는 가만히 바라보았네.
떠나는 것 쉬워도
남겨진 모습 보는 것은 너무 힘들어
나무는 언제나 떠나지 않네.
온기 섞인 바람의 그 아름다운 유혹마저
나무는 그냥 흘려보내네.
언젠가 그녀 말했지.
공허함마저 없어지는 어느 날
지난겨울의 흔적 모두 사라진 나무처럼
그렇게 잊게 될 거라고.
두꺼운 표피를 뚫고 나오는 어린잎처럼
그렇게 다시 태어날 거라고.
하지만 난 아직도 모르겠네.
따스한 날 다 지나고
정해진 운명대로 혼자만이 남는 날
그때에도 잊을 수 있는지.
몸속까지 남아 있는 햇살의 기억을
그냥 담담히 안을 수 있는지.

길 1

큰 문으로 들어서는 순간
벌써부터 사라지기 시작한 과거의 기억들
한순간에 저 너머로 날아가버렸다.
사랑하고픈 사람은
늘 홀연히 떠나가버리고
기다림과 망각의 세월은
떠난 자리의 빈 체온만을 느낀다.
저기 수없이 보이는 사람들과
그 속을 떠도는 감정들.
사라지는 순간을 다시 껴안고 싶어
잡히지 않는 허공을 헤매는 손.
긴 대로를 고개 숙여 걷는 이 순간
어디에선가 조용히 피아노를 치고 있으리라.
수십 년을 두고 쌓인 감정의 여운은
그 많은 사람이 거쳐간
손때 묻은 거울 위에 고스란히 남아 있고
감겨오는 눈을 스스로 덮으며
잘도 견뎌온 세월의 역행을
난 지금 되새긴다.
이 밤이 새기 전에
먼 옛날의 일이나 생각할까.

길 2

은빛 어둠 속에서
흘러가는 태양의 그늘을 느끼며
난 지금 자고 있다.
꺾인 고개의 수그린 모습이 초라해
싸늘히 비어 있는 헌 노트 가운데에
크게 써보는 이름.

멀리서 조금씩 들려오는 파괴의 음성이
자꾸만 크게 내 귀를 흔들고
본능의 회피와
어쩔 수 없는 필연의 구렁텅이로 날 빠뜨리려는
유혹의 손길이
어둠 속에 날아든다.

가야만 한다.
거부 안에 남아 있는 반쪽 혼은
이미 유혹이 그림자와 겹쳐가고
터질 것 같은 구토의 추악함만이
내 떠나간 뒤안길을 채워주려 한다.

나는 간다.

길 3

수풀 사이를 들락거리던 풀벌레 소리는
어디로 흘러가버렸을까.
무심히 내딛는 걸음에
가끔씩 비껴가는 나뭇잎.
고개 들어 쳐다보면
핏기 없는 하늘에 나뭇가지 선명하고
어김없이 그는 내려다보고 있다.
바람결에 흙냄새 묻어나는 계절
그 한가운데서
나는 그를 보고 그는 나를 본다.

길 4

해 저무는 길을 혼자 걸었다.
지는 해가 너무 아쉬워
문득 걸음을 멈춰 서서는
한참을 그렇게 서 있었다.
서늘하게 내려앉은 저녁 공기와
홀로 된 나뭇잎 하나가
나에게 남겨진 전부였다.
해는 조금씩 마지막 흔적을 지우고
늘 그렇듯
혼자인 해는 외로워 보였다.
바람이 불었다.
시원한 감촉과 함께
아름다운 슬픔이 밀려왔다.
작게 가슴 두드리다
어느 순간 사라져버리는
다시 내딛는 발걸음에는
옅은 저녁의 어둠이 걸리고
나는 서늘한 공기 속으로
그 슬픔을 토해내었다.
문득 걸음을 멈추었다.

완전한 고요가 숨을 막았을 때

해는 지고 없었다.

길 5

처음 가보는 길을 걷고 또 걸었다.
처음부터 무엇을 찾겠다는 생각은
뜨겁게 몸을 데우는 땀과
허기진 육신의 욕망에 가려
흔적의 느낌조차 없었다.
불같이 끓어오르는
안으로부터의 응어리와
무겁게 나를 바라보는
나 아닌 다른 이들의 조소.
내딛고 또 내딛는 발걸음은
방향도 목적도 없이 그저
이 참을 수 없는 뜨거움을 위하여
나의 의식을 실어 나를 뿐이다.
삶이 괴로웠다.
홀로 된 이 삶이 슬펐다.
지치고 지쳐 더 이상 걸을 수도 없을 때
나에게는 돌아가 안길 곳이 없다.
오랜 제국의 허망한 끝처럼
그렇듯 쓸쓸한 공허함만이
텅 빈 왕좌에 내려앉아

말없는 슬픔을 뿜어내는 곳.
바로 나의 가슴이었다.

길 6

내 지나온 길은
저 멀리 안개 속에 묻히고
외로이 따라오는 고통의 상처만이
내 시야를 흐리다.

어느 시절
떨어지는 낙엽의 무너짐 속에
내 절망의 사랑을 파묻으며
오열하던 눈물.
베르테르의 아름다운 종말을 동경하고
스스로를 끝없는 빗속에 내던졌던 날들.
그리고 그 암연한 고독에서
다시금 나를 일으켜 세운 정열.
그러나
진정 가슴에 새겨진 것은
그토록 서러웠던 고통과 방황의 날들이었다.
내가 좋아했고 나를 좋아했던
그 많은 사람들은
이미 하나하나 사라져갔고
빛바랜 추억조차도

삶의 끝없는 회전 속에서
조금씩 닳아 없어져만 간다.
내 절망의 시간은 지금쯤 어디에 있을까?
나에게서 소멸되어 가는 그녀의 모습처럼
나의 모습도 그녀에게서 잊혀져가겠지.
아주 먼 훗날
아주 가벼운 마음으로
우리의 이야기를 할 때가 되면
이미 서로의 영상은
하찮은 그리움도 없이
그렇게 사라지겠지.

슬프다.
내 방황의 날들은 지나가고
삶이 조금은 아름답게 보이는 지금.
생의 가장 소중한 날들을 왜
좀 더 괴로워하고
좀 더 좌절하여
그 절망의 무거운 어둠 속으로 가보지 않았던가.
그러나 삶은 나를

허름한 기차의 한 귀퉁이에 실어놓았고
나는 더 이상 움직일 수 없다.
슬픈 음악처럼 비가 오는 창밖
옛 시절 그토록 치열했던 절망의 비가
오늘 왠지 그립다.

길 7

차가운 바람에 부딪힌다.

숨 막히도록 넘어오는 한기에 지쳐

눈물 어린 하늘을 본다. 그것은

운명처럼 밀려오는 회색 구름의 아픔.

마지막 흔적은 앞선 자의 선명한 피가 되어

어두운 산의 긴 능선에 뿌려져 있다. 나는

피 흘리지 아니한 나는

저문 저녁의 적막에 얼굴을 묻는다.

끓어오르는 뜨거움도 구름처럼 사라져버리고

붉은 하늘의 장엄한 품에는

차디찬 눈물이 솟는다.

이미 갈구했던 모든 걸음은 멈추었나.

저 높은 운명을 향해

타오르는 가슴으로 달려갔다.

언제였던가.

흘린 피와 잃어버린 사랑을 밟으며

눈물 흘리던 때가.

삶은 꺼지고 있다.

식어버린 운명의 뜨거운 힘도

저 거대한 구름에 묻혀

이 고요한 저녁의 알 수 없는 슬픔이 되고 있다.

어느새

무거운 어둠이 석양을 가린다.

길 8

황혼에 젖은 나뭇가지 위로
생은 흘러가고
거친 두 손에 가득
이념의 깃발은 퇴색돼버린 붉은 피.
깃대조차 남지 않고 사라졌다.
지나온 발걸음 곳곳에는
끓어오르는 열정으로 쌓이고 쌓여
눈물 자국 선명하고
혼을 다해 다짐했던 맹세는
한겨울 덧없는 부슬비처럼 산산이
산산이 부서져버렸다.
비극보다는 희극을
흘러가는 삶의 주름진 골짜기에는
누군가가 스치듯 남겨놓은
삶과 죽음들.
살을 가르는 오한과 꺼져가는 의식을 헤집는다.
나를 위해 남겨진 마지막 순간조차도
흐르고 흘러 비어버린 내 가슴에
타오르는 비수는 심장을 관통한다.
삶은 나를 아픈 욕망으로 물들이고

죽음은 나에게 남은 이들의 슬픔으로 다가온다.

변해버린 하얀 세상을 걸으며

이 차가운 순결을 파괴하는

무너짐의 의미.

아! 통곡만이.

길 9

누구를 탓하랴.
혼자만의 이름으로 사라져간들.
부서지는 바람에 몸을 싣고
저 어두운 허공을 향해
한순간의 흔들림도 없이 몸을 던진들.
거침없는 생의 타오름 속에서
어느 순간 텅 비어버린 모든 것들이
내 가슴 한없이 쓰리게 해도
이미 잠들어버린 입술
누구를 탓할 수 있으랴.
하염없는 눈물 속에 옛 추억이 흘러들고
보이지 않는 머언 석양이 나를 불러도
이미 너는 보이지 않네.
붉은 눈 뜨거운 피눈물에
터지듯 흐느끼는 심장의 아픔만이
끊어진 실의 슬픔을 달래는구나.
두 삶 앞에 홀로 선 이대로
세월은 흘러 흘러
내 한 줌의 재가 되어 훨훨 날리면
그제야 너를 만날 수 있으리.

생이 나를 울리고

죽음이 나를 고요하게 하노라.

길 10

기차는 기다려주지 않았다.
언젠가 달리는 기차 위에서 내려다본
녹슨 철로.
수없이 이어진 사람의 이별과
안주하지 못한 방랑의 영혼이 있어
나 지금 아무도 찾지 않는 외진 산골을 걷는다.
수목 가득한 길을 돌아
저 멀리 이지러진 삶의 파편이 사라져가고
녹슨 바람만이 곁에 쓰러진다.
돌아갈 수 없는 바람과
돌아가지 않는 철로.
마지막 기차조차 외면했다.

길 11

오랜만에 거닐어보는
시끌벅적한 시장에선
온갖 사람들과 갖가지 삶의 모습이
뿌듯한 입김으로 스며드는 훈훈한 공기.
사방으로 흘러 다니는 사람들의 흐름과
그 속에 홀로 서 있는 사람들.
흐르는 발길에 이끌려 강가로 간다.
긴 석교 밑엔
말라버린 강의 마지막 한 줄기 생명과
빈 강바닥을 메꾼 쓰러진 잡초들.
생명은 늘 그렇듯
위태로운 삶을 따라 외롭게 이어져
눈부신 얼음으로 덮여 있다.
내 이마를 스치는 차가운 겨울바람에
오히려 더욱 투명한 얼음 강.
서쪽 산 위엔
뚜렷한 형체 속에 붉은 숨결을 토해내는
하루의 마지막 맥박.
긴 그림자의 나는 석교 위에 서서 움직일 줄 모른다.
원래 차가운 것은 더욱 투명한 법.

겨울 공기 속을 관통하는 한기는
저문 해의 나락 속에 함몰되고
어느새 길 잃은 자의 심장으로
나 또한 하얗게 스러져간다.

길 12

길은 아직도 나를 기다린다.
돌아보면 흔적 없는 길들.
무수한 세월의 손길
저 파란 하늘로 지워져가고
눈물 덧없이 말라만 간다.
길고 길었던 유랑의 세월
이제 갈 곳 더 없으리.
언제나 떠난 뒤에 남은 흐느낌을
이제 보지 않아도 되리.
죽은 이처럼 창백하게
큰 산의 숨결 한 모금만 삼키고
숨 쉬지도 않으련다.

길 13

길이 있으면 가리라.
아침 이슬 하나 남아 있지 않아도
내 순결한 음성으로 애원하지 않으리라.
걷다보면 가슴 쓸어가는 아픔들.
흔적도 없이 스쳐만 가는 슬픔들.
마른 목엔 그 무언가가
핏덩이처럼 멜지도.
육신에선 헛된 의미가 빠져나간다.

길 14

별이 지나간 하늘엔
한없이 차가운 어둠만이 타다 남았다.
늘 돌아보면서도 알 수 없는 것은
죽도록 치열했던 아픔마저도
왜 그렇듯 흔적 하나 남기지 못했을까.
바람에 쓸린 별빛이 가슴을 관통하여
수천수만의 눈물로 산개할 때면
왜 이리도 아픔은 다시 찾아올까.
하늘 보며 수없이 떨었던 날들의 무의미함과
어느 날 이름 모를 강가에 묻어버린 마지막 아픔.
감히 지나온 길은 돌아볼 수 없고
운명은 죽음보다 두렵다.

길 15

고개 숙이고 길을 걷는다.
어느새 수그러든 바람은
맵게 얼어버린 얼굴에 이질적으로 부서지고
저것은 또 어떤 운명인가.
눈이구나.
눈, 하나 남은 가로등을 밝혀준다.
가볍게 가볍게 녹지도 않고 불빛을 탄다.
녹슨 담장 구석엔 가로등조차 외면한 나무.
온통 메마름으로 옷을 입은 나무엔
눈이 찾아오지 않는다.
윤기 없는 피부와 깊숙이 숨어버린 의지.
나는 왜 나무가 되지 못했을까.
한겨울의 묘한 구석에서 우리는 이토록 닮았는데.
가슴 깊이 나무를 안는다.
작은, 아주 작은 온기가 가슴에 떨려오면
구겨질 대로 구겨진 하늘 아래서
떨고 있는 것은 오직 나무와 나.
무엇인가 느낄 수 없을 것 같은 허함이
우리의 잃어버린 눈에 실려 떠다니고
황금보다 빛나는 세상의 입김으로

우리는 한없이 가벼워진다.

눈이 문득 내놓고 간 우연한 느낌을 두고

세상은 저리도 가슴 아파하고

또다시 다가올 밤을

나는 이토록 몸서리치며 기다린다.

길 16

여름의 얼굴을 보았다.
잠시 내리던 비 그치고
가면처럼 벗어낸 피안의 환상.
갈증은 나를 힘들게 하여
아직도 먼 그곳을 향하게 하고
물기 머금은 나무는
이미 죽어가고 있다.
불안한 걸음 잠시 멈추면
그늘은 가만히 다가와
어둠보다 더한 유혹을 드리운다.
한없이 투명한 공기 속을 떠도는 것은
생명보다 생생한 죽음의 미소.
물기 다 날아간 곳에서
안식처럼 손짓하는 힘 잃은 바람.
그대로 드러눕고 싶다.
열기 안은 바람처럼
내 몸의 힘 다 빼고
감미로운 그늘로 사라지고 싶다.
길이여.
아직도 먼 그대여.

나 다시 일어서야 하는가.
꿈조차 녹아버리는 저 속으로
다시 돌아서야 하는가.
나의 환상이여.

길 17

허공을 매섭게 찢는 바람 소리
쓰러질 듯 흔들리는 저 나무는
그래도 애써 버티는구나.
며칠째 내린 비에 몸이 얼고
가슴속 미움까지 모두 빼앗겼어도
결코 가지를 내리지는 않는구나.
삶도 저러하겠지.
아픔 또한 스쳐가는 빗줄기일 뿐
시간은 다시 나를 빗속에 일으켜 세우겠지.
먼 길을 돌아 결국은 다시 오는 곳
그냥 삶이 가는 대로 가면 다다르는 곳.
어쩌면 이미 지나쳤을 그곳을 위해
난 너무 먼 길을 걸었네.
열정도 이미 사라져
바람에 흩어지는 구름처럼 흔적도 없고
나를 사랑한 사람 또한 떠났네.
바람이 멎고 세상에 고요함만이 감돌아도
나는 지난 길을 돌아갈 수 없네.
그것을 알기에
이미 사라졌다는 걸 알기에

난 이렇게 그리움을 참을 수 없네.

세월이 침묵처럼 지나고

나 또한 그렇게 흩어져버릴 때

그때에야 알 수 있을까.

나 그토록 아름다웠던 시절을.

5부

혼자 남은 역

혼자 남은 역

늘 알고 싶었네.
나 내린 뒤
지독히도 숨죽인 한기 몰아쉬며
기차가 떠나는 곳.
찌르는 듯한 바람 느낀 것은
내 마음 또한 얼어 있음일까.
나 가만히 서서
바람에 묻어가는 기차의 모습 볼 때면
왜 그리도 하염없는지
하늘 가득 잊지 못한
적막의 파편을 날리네.
옅게 드리운 저녁 어둠을
나는 그냥 걸어갈 수 없었네.

하지만 언제부터일까.
나는 더 이상 지난 기차를 보지 않았네.
기차가 가는 곳이 어디인지
나 또한 어디에 서 있는지 알지 못해도
내 마음 이미 기차에 실었네.
누군가의 마음과

그 마음을 사랑하는 마음을
난 더 이상 적막하지도
더 이상 미망의 머물지 못한 곳으로
그냥 흘려보냈다네.
그리운 마음이 있기에
다만 살 수 있었네.

무제

연못 위 물결 사이엔
햇살이 남기고 간 은빛들.
바람마저 공기 속의 따스함에 밀려
아질아질 쓸리어가면
끝도 없이 무너지는 마음.

시작과 끝 사이

졸업 전날 밤
사람들은 모르리라.
내일이면 고된 마음의 굴레를 벗고
스스로가 택한 길로
그 첫걸음을 내딛으리란 걸.

십 수년간
떨어진 낙엽의 수만큼이나
쌓이고 쌓였던 기쁨과 슬픔의 흔적으로
더욱 고귀한 하루.

난 내일을 기다린다.
내일을 향해 걸어가고 있다.
설레지만 두렵지도 않은 담담한 마음으로
그렇게 달려간다.

밤이 점점 깊어간다.
수많은 사람들의 기다림과
그보다 훨씬 많은 사람들의 무관심 속에
이 밤은 흘러간다.

그대여 오라.

나 진실로 그대를 맞을 준비가 되어 있으나

떨칠 수 없는 아쉬움과 기다림의 어울림 속에

저 붉은 태양과 함께 오라.

밤의 기다림을 깨고서

그렇게 가만히.

끝의 의미

너무나도 짧은 순간
내 긴 여정의 끝은
스쳐 지나버렸다.
아무 일도 일어나지 않은 듯
담담한 말과 행동들.
그토록이나 슬퍼할 줄 알았던
바로 그 순간
나의 위치와 시간은 사라지고
허울을 뒤집어쓴 내 모습은
의미의 가치를 잊어버렸다.
시작과 마감의 교차로에서
홀로 석상처럼 굳어져
난 갈 곳을 모른다.
아니 잊어버렸다.
고통과 인고의 세월이 내게 준 것은
절망도 유희도 아닌
타는 듯 메마른 허무였다.
존재에 대한 단념.
기대는 없다.
난 나 자신을 포기한다.

나의 영광을 위해 싸우지 않으련다.

무언가 새로운 영광의 주인이

나의 영혼을 이끌어줄 때

비로소 나는 찾을 것이다.

잃어버린 나의 본질과

인고의 세월.

끝이 아닌 시작이다.

자화상

세상에 처음 나온 빗방울처럼
세찬 추위와 그보다 더한 외로움에 떨다가
이제 작은 풀잎 위에 떨어진다.

아주 조그마한 소망의 기도가
깊어가는 밤하늘의 달을 향할 때
먼 듯 가까운 듯 희미한 음악 소리
세상은 여윈 잠 속으로 빠져들고
달빛은 그 위를 덮어준다.

초라한 모습을 보이기 싫어
고개 숙인 영혼.
누구도 탓할 수 없는 스스로의 자조에 빠져
내일을 두렵게 바라본다.

위에서 내려다보는
거대한 지붕 위의 달은
왜 저리도 쓸쓸한가.
마치 자신이 흘린 눈물의 파편인 듯
스스로를 태우는 저 별들은

왜 저리도 슬픈가.

어느새 밝아오는
투명한 새벽이 두려운
작은 빗방울은
그 어느 누구도 아닌
바로 나였다.

私念

언제나 남을 의식하고 산다는 건
나의 인생을 타인에게 주어버린
어쩌면 그런 허망한 일일지도 모른다.
굳은 땅 그 위에 선 모습을 보지 못하고
내 눈에 투영된 타인의 시선만이 보일 때
나는 가끔 인생을 다시 생각해야 한다고 느낀다.
그래.
내가 나 자신을 믿지 못하고
타인의 눈에 내 모든 것을 맡긴다는 건
내가 아닌 남을 위해 산다는 것과 다를 것이 없다.
멀리서 아이들의 뛰노는 소리가 들린다.
지나가는 사람들도 잊은 채
그저 노는 데 열중하고 있으리라.
살아 움직이는 모습.
세상의 무엇과도 바꿀 수 없는 시간.
아이들은 모두 한껏 누리고 있다.
나는 무엇인가
짙은 비애조차 홀로 삼키고
토해내고 싶은 말마저 억누른 채
그렇게 살고 있지 않은가.

마음의 침묵은 빛 하나 없는 어둠 속으로
자꾸만 나를 몰아가고 있다.
부르고 싶은 그대여
나에게 용기를 주오.
나를 밀어내는 차가운 바람을 헤치고 나갈
진정한 사랑을 주오.

숲에 다시 들어가다

긴 기차의 정지음 철로에 스며들 즈음
시트 깊게 파묻힌 몸 일으켰다.
오래된 시멘트 바닥
발밑에 느껴지는 이 낯섦 오랜만이구나.
사람들 표정 없이 걸어가고
맑은 하늘 가득한 열기는
그래도 이곳을 떠나지 않았다.
숲은 사람을 반기지 않는다.
까마득히 솟아난 거목들은
볼품없는 열매를 미끼로 사람들을 유혹하고
늘 그렇듯 벗어나지 못한 그들은
해 질 녘 수그린 어깨를 의지하며 사라져간다.
바람이라도 불어올라 치면
쓸쓸함 가득한 그들의 등을 치는
무자비한 자동차 경적 소리.
꿈속보다 더 밝은 밤을
나는 왜 다시 보러 왔을까.
언젠가는 햇살 보이지 않는 이 숲에 질려
늘 그런 것처럼 떠나버릴 걸.
이미 오래전 사라진 것은

생명의 음률 가득한 새소리와
나 다시 찾을 수 없는 어느 날의 꿈.
길 잃은 사람의 슬픔만이 떠도는
세상 어느 한 귀퉁이 이렇게 섰을 때
숲의 윤기 다 잃어버린 비둘기 날아가는
그래도 저 하늘은 예전처럼 맑구나.

그런 날에도

머리끝이
아플 정도로.

얼굴 싸르라니
갈라질 정도로.

새벽 첫 숨결의
상쾌함마저
못 느낄 정도로.

그렇게
추운 날에도
나는 생각합니다.

그대를.

단상(短想)

얼음 속에 묻었던
어두웠던 가을의 바람
다시 꺼내는 슬픔을
그대 아는가.
오래전에 지난 역
낡은 이정표에 남은 흔적
다시 돌아보는 아픔을
그대 느낄 수 있는가.
햇살 가득한 봄날
아직 남아 있는 질긴 마음의 결빙을
그대 볼 수는 있는가.
나 항상 길을 가고
또 돌아보기도 하지만
변하지 않는 건
내가 사람이라는 것.
내가 그리워할 수 있다는 것.
그리고
나 또한 누군가의 그리움이 되고 싶다는 것.

그리움 1

이토록 아픈 거라면
나는 너를 보지도 않았을 것이고
가만히 설레던 마음도
너의 작은 모습 뒤에 감추었겠지.
한동안 공기 속을 건너와
얼은 뺨을 스치던 차가운 바람마저도
난 잊을 수 있었다네.
마음을 어루만지기가
왜 이리도 힘든지
넌 불빛 환한 거리를 걷고 있는
내 아픔을 알고나 있을까.
아직도 서툰 감정의 흐름은
더 이상 갈 곳이 없어
오랫동안
아주 오랫동안 잊고 있었던 눈물의 의미를
나는 이제야 다시 느꼈네.
밤이 깊어가고
나 또한 어둑한 세상의 잠 속으로
그냥 걸어가네.
하지만 그 어디에도

너는 보이지 않네.
희미하게 스쳐간 모습마저도
나는 기억할 수 없네.

그리움 2

기다란 동네 앞길은 온통 흙냄새 날리고
이미 들어선 어릴 적 내 고향에는 그날처럼
하얀 저녁연기가 피어오르고 있었다.
곱게 곱게 잔잔히 부서지는 나무 타는 냄새가
오래전에 잊어버렸던
한 가닥 어울리지 않는 향수로 다가왔을 때
외면하는 눈길은 저기 저 머언 산을 향하고
마음은 그저 저물어가는 노을처럼 약간은 쓸쓸했다.
어머니, 동생
지워지지 않는 그림처럼 깊이 각인된 슬픈 모습이
스쳐가는 바람을 타고 마치 끊어진 필름처럼
가끔은 찢어진 채
가끔은 그저 평범한 행인의 모습으로
자꾸만 이 길을 걸어가고 있다.
이미 지나간 많은 사람들의 얼굴들이 하나둘씩
옛적 뛰어놀던 들판 구석구석에서
떠올랐다간 사라지고 또 떠올랐다간 사라지고
깊숙이 들이켜 내뱉은 깊은 한숨은
떠나버린 이들에 대한 그리움이었다.
막연한 그리움.

지나버린 세월과 그 세월 속에

그토록 아름답게 묻어둔 옛 사람들과의 일들이

이젠 다시 되새길 수조차 없는 저 먼 산만큼이나

머언 과거로 흘러가버리고

내딛어 돌아서는 발걸음엔

몇 잎 덜 여문 낙엽이 굴러간다.

너무 빨리 잊혀지고 버려진 것들처럼.

환상은 사라진 지 오래였다.

그리움 3

연못 뒤 돌산엔 소나무 한 그루 있었다.
쌓였던 눈 녹고 비 오는 날이면
한없이 내려앉은 어둔 하늘에 묻혀
젖은 몸을 떨곤 했다.
그럴 때면 나는 늘 먼 산을 바라보며
떠오르지 않는 그 무언가를 기다리곤 했다.
내 살아온 길이 저 멀리 보이지 않고
마음 이미 멀어진 지 오래건만
검었던 돌산은 무너지고
그 소나무 어디에 묻혀버렸나.
지금 예전처럼 그리움은 내 얼굴 적시고
텅 비어버린 공터엔
소나무 푸른 향기가 떠나질 못한다.
무너진 돌 틈에도
가루가 되어 날아가버린 세월 속에도
그 많았던 외로움과 통곡
잠들어 있다.
어둔 하늘이 나를 안는다.
그리고
온몸에 스며드는 그리움에 취해 잠들면
내 곁엔 소나무 한 그루 있을 뿐.

그리움 4

비 내린 아침의 한기에
가슴 싸늘하게 띈다.
멀리 일손 놓은 공사장 모래는
짙은 한가로움으로 물들어져 있고
세상과 멀어져만 가던 하늘은
여유롭게 내려앉았다.
창문 너머 거짓 없는 고요함으로
잊었던 사람의 숨결 떠다니면
젖은 풀잎은 그리움이 된다.
창백한 허공을 건너
살그머니 다가오는 부슬비처럼
조금씩 조금씩.
그러다 풀잎 베고 누우면
어느새 하늘은 곁에 다가와
내 하얀 세월의 여백을 그린다.
비 온 날의 아침처럼 투명한 그리움이
뺨을 어루만지는 손길 따라 무너져 내리고
한없이 뜨거운 심장의 고동.
다시 비가 오려는가.

그리움 5

가슴이 깊어 열어본 창문.
밤이었다.
잊었던 밤 냄새가
바람보다 부드러운 어둠에 실려왔다.
어깨 위에 내려앉은 이 고요함은
차라리 하늘 가득한 생의 눈물이 아닐까.

그리움 6

雪山이 너무 아름다워
오후 내내 눈 속에 있었네.
사람들의 가슴을 풀어
가장 순수한 슬픔과
가장 깊었던 고독이
하늘 가득 날아가고 있네.
뒷산 바위에 올라
雪景의 한 티끌이 되노라면
고이 감춘 옷자락에 떨리는 손.
바위는 무너졌네.
눈 내리던 산을 남겨두고
영원히 떠나오던 날.
가슴 한없이 설레어
그리움은 바위 곁에 머물고 있네.

그리움 7

가슴에 피는 꽃은 쉬이 지지 않는다.
언젠가 아득히 오래전에
지친 생의 걸음을 멈추고 바라보았던
노을은, 그 한없는 아름다움은
내 가슴이 지나온 긴 망각의 시간을 넘어
어느 저녁 문득 다가오기도 한다.
한 송이 떨쳐버릴 수 없는 꽃잎엔
기쁨과 슬픔과 친구와 그리고 사랑.
어스름한 저녁의 내 온몸을 적셔오던 그 노을은
그토록 갖고 싶었던 작은 책 한 권이었다.
한 손 가득 움켜쥐고서
혼자만의 장소를 향해 달려가던 그 마음.
소리 없이 불타오르는 그 열정.
이젠 다시 갈 수 없는 시간과
그토록 허무하게 사라져간 사람들.
잊음을 갈구하기도 하였지만
너무도 아프게
가슴은 온통 꽃으로 흐드러졌다.

그리움 8

무심코 들여다본 사진첩.
언제던가 까마득한 이야기들이
아직도 이렇게 남아 있구나.
내가 지나온 자취건만
어느새 왠지 낯설어 보이는 모습들.
나는 오래된 사진 한 장을 집어든다.
지금은 사라진 옛 풍경과
그 앞에 웃고 있는 어색한 사람들
나 그리고 친구.
퇴색된 색채 위를 그렇게 장식했던 순간들은
이제 다시 돌아갈 수 없는 기억을
그렇게 말없이 되새기고 있다.
늘 순간의 모습을 남기려 하는 건
변하지 않는 무언가에 대한 그리움.
지나간 시간의 흐름 속에서
언제까지나 기다려줄
옛사랑과 같은 것.

이별 후 1

마음이 아프다는 것이 무엇인지
나는 이제야 알았네.
시간이 멈춘 깊은 밤
끈질긴 생명의 호흡과도 같은
상념은 어둠을 건너와
감추어진 심장을 물들이고
끝내 이기지 못할
그 아름다운 아픔을
나는 내내 바라보고만 있네.
몸을 스쳐가는 투명한 어둠
그 서늘한 허무를
결코 떨칠 수 없으리란 걸
왜 이제야 느낀 것일까.
이토록 깊은 밤
곁에 있어야 할 사람이 없다는
그 하나만이
내게 남겨진 전부일 뿐
아직 차가운 바람에서도
낯익은 향기는 찾을 수 없네.
더 이상 사랑하고 싶지 않네.

이별 후 2

비 오는 밤거리를 그냥 걸었네.
떨칠 수 없는 무엇을
나는 떨쳐보려 걷고 또 걸었네.
축축이 젖어 드는 옷처럼
내 마음 또한 한없이 울었네.
이미 지나간 시간들이
왜 이리도 방금처럼 느껴지는지
얼굴을 두드리는 빗줄기를
나는 지난 세월의 바람이라 생각했네.
마음 또한 유리병처럼
깨끗이 비워질 수 있는 것이라면
나는 내 마음 모두 씻어버리고 싶네.
티끌 하나 없이 고요하게
그냥 텅 비어버리고 싶네.
하지만 나는 아네.
무엇이 그토록 아픈지
그리고 결코 내 마음 비울 수 없다는 것을.

이별 후 3

어느 날 문득
아주 오랜 시간이 흘러
지난 시간이 그냥 흐름처럼 느껴질 때
그때에도 이렇게 아플까.
따스한 공기 속에 섞인 비의 숨결.
코끝까지 스며드는 비린 풀잎의 내음을
나는 결코 버리지 못했네.
빗줄기에 가려진 하늘이
왜 그리도 맑은지
은빛 찬란한 물결이라고
그 위에 부서지는 햇살이라고
나는 생각했네.
그냥 멈추고 싶어
젖은 공기 속에 마음을 맡겼네.
깊게 내어 쉰 숨으로
세상의 가장 순수한 기억이
허무하게 사라져버렸네.
더 이상 붙잡을 수 없기에
그것을 알고 있기에
빗속에 마음 묻고 말았네.

2月 14日에

잊을 수 없는 일들은 늘
겨울 하늘 어디엔가 있는 작은 온기를
문득 느끼는 것처럼
나와는 전혀 상관없는 것처럼
그렇게 찾아오곤 하지.
아직은 만남이 무엇인지
다른 사람의 마음을 느낀다는 것이 어떤 건지
생소한 감정의 흐름조차 알지 못할 때
마치 정해진 일처럼
내 손을 잡은 네 작은 손.
나에게도 뛰는 가슴이 있다는 걸
비로소 알게 되었다네.
아무런 움직임도 할 수 없을 때
그 깊은 어딘가에서
뜨거운 맥박만이
짙은 숨결을 토해내고 있었네.
우리를 둘러싼 수많은 사람들의 숨결과
어둠 속을 가득 채운
적막의 눈빛마저 모두 사라지고
먼 이야기처럼 나는 너의 마음을 느꼈네.

난 알 수 있었네.
손을 타고 올라와 심장까지 파고든
그 따스함을
나는 잊을 수 없으리란 걸.
가슴 싸늘하게 비어버린 어느 날에도
결코 떨치지 못하리란 걸.

신부(新婦)의 죽음

나는 보았네.
어두운 도시의 하늘 사이로
가슴 찢어지는 고통 흘러 다니는 것을.
순결한 눈 속에
그보다 더 순결한 죽음 있음을.
이제 모두 끝났다고
눈을 적신 그 붉은 아픔을
그는 토해내지도 못해
그저 눈 위의 신부를 안고만 있을 뿐.
무엇인가.
그 긴 생의 길모퉁이 이곳에
왜 이렇게 서 있어야만 하는가.
고통은 왜 이렇듯 빨리 찾아오는가.

-미완-

담 그림자

사람들 모두 흩어지고
홀로 어둔 길을 걸었네.
아직 남아 있는 술기운은
이젠 차가운 바람마저 비껴가게 하고
흔들리는 걸음은
잘도 긴 언덕길을 기억하고 있네.
한 잔 술, 두 잔 술
나를 사랑하는 사람들과
나를 떠나보내야 하는 사람들
위장으로 스며드는 독한 술기운과도 같은
그들의 마음을 나는 아네.
거리에 마른 잎 나뒹구는 계절에
홀연히 떠나보내는
그들의 침묵을 나는 아네.
언제 다시 만날지
늘 그렇듯 기억에서도 사라져야 하는지.
맑은 밤하늘을 올려 보았네.
늦가을 차가운 한기가 흘러와
내 마음 이미 서늘하게 비어버렸네.
왜 이렇게 가슴 아픈지

눈물 보이기 싫어

어둔 담 그림자에 숨었지만

나는 알고 있네.

슬픔은 어디에도 숨길 수가 없다는 것을.

별은 보이지 않았네.

귀로(歸路)

난 아직도 삶이 무엇인지 모른다.

층층이 쌓인 어둠의 벽을 뚫고

침묵하는 빛의 경계를 떠도는 두려움.

끝도 없이 이어지는 산 그림자에 묻혀

유리창 건너편의 나는 끝내 웃지 않는다.

지나가면 모두 그만인 것을

나 어쩌면 저 상념의 철로를 떨치지 못해

내내 돌아보고만 있는가.

이번에도 가져오지 못했다.

두 손에 남겨진 삶의 흔적과

방랑의 운명처럼 잡히지 않는

아름다운 생명의 음성.

기차는 계속 달리고

사람들 또한 지난 기억을 지우려 한다.

나는 어둠만이 펼쳐진 저 넓은 세상을 보며

내가 돌아가는 곳이 어디인지

이미 잊어버렸음을 알게 된다.

한없이 드리워진 산 그림자

그 비밀스런 어느 곳에서

외롭게 눈 감고 있을 나의 영혼.

이제 잠이 들리라.
지나온 길도 앞으로 남은 길도
모두 보이지 않는 그곳으로
나 이제 영원보다 깊이 잠들리라.

어느 역

때로는
살을 흔드는 더운 공기가 싫어
목적지 다 온 것처럼 기차에서 내린다.
이정표의 이름조차 지워진
그야말로 이름 없는 역.
발을 내디딜 때부터 안다.
아무도 반겨줄 이 없고
나 또한 흔적 없이 지나쳐 갈 것임을.
기차가 떠나고
소리마저 멀리 흘러가버려도
나는 기차가 사라진 철길을 본다.
삶도 이처럼 그냥 지나가
남은 고요함만 같이 하는 것일까.

영원에 대한 小考

사랑한다고 영원이라 말하지 마라.
돌아서면 흔적도 없이 잊힐 것을
영원히 사랑한다 하지 마라.
사랑은 영원한 것.
또한 모든 영원한 것의 근원은 사랑.
그러나 살아가며 만나는 수많은 사랑.
그 스쳐 가는 흔적을
모두 영원이라 하지 마라.
내 존재가 바람처럼 사라져도
그녀마저 티끌처럼 흩어져도
그래도 사랑한다면
영원히 사랑한다고 해도 좋다.
시간에 끝이 있다면
그것은 내 영혼마저 사라지는 것.
그때에도 사랑한다면
영원히 사랑한다고 해도 좋다.

아침 숲

오솔길 솔솔 따라 들어가면
도시 모습 이내 보이지 않아
가쁜 숨 나는 지친 몸을 숲에 묻는다.
졸린 아침 훌훌 털어버리고
나무 사이 안개 자욱한 길을 걸을 때
누가 먼저 지나갔을까.
젖은 땅 위에 발자국 남긴 사람은.

숲은 나를 반긴다.
여기저기서 흘러나오는 숲의 음성
내 가벼운 발걸음 앞으로 다가왔다가
금세 수풀 너머로 숨어버린다.
무엇이 부끄러운가.
그리운 여자의 달콤했던 밀어처럼
이렇게 가슴 설레는데.

휴일 오후

창문마저 닫아버린 오후
TV에선 윌리엄 와일러의 오래된 흑백영화 나오고
집 안엔 먼지조차 흩어지지 않는다.
팔 대고 누워 있는 내 곁엔
언제부턴가 잠이 든 휴일의 고요함.
그리고 나 또한 흑백영화의 대사처럼
그 빛바랜 잠 속으로 빠져든 것은
내 팔에 안긴 그녀의 고른 숨소리.
나른하게 젖어 든 가슴의 부드러움
어느 꿈속을 헤매고 있을까.
마른 입술 아름다워
가만히 내 입김 불어본다.
따스하게 다가오는 그녀의 마음.
소리 이미 모두 사라져
이처럼 한가로운 오후에
우리는 꿈속에서 만난다.
영화처럼 흑백의 꿈속에서.

욕망

욕망의 끝은 어디인가.
한여름 소나기보다 빨리 가버린 快樂.
그 끝이 무엇인지 알면서도
다시금 찾아드는 것은
내 허무한 환상의 기다림.
누군가 있다면
이토록 외롭지는 않을 텐데.

파우스트의 변명

내가 다시 태어나는 건

이미 맛본 달콤한 사과.

거부할 수 없게 된 것은

내가 인간이라는 이유.

신은 원래 끝없이 나약한 존재를 위해

유혹의 나무를 주었고

또한 탐스러운 결실을 주었다.

그것은 파멸의 운명.

갈망을 먹고 사는 한없이 아름다운 존재.

달빛 선연한 밤

가장 붉은 열매 하나 땄다.

그 새빨간 빛은 달빛처럼 차가웠고

유혹하는 눈은 감미롭기까지 했다.

이미 앞서간 사람들의 운명

허무하게 흩어진 어둠 속

쾌락의 잎사귀 손짓하여 부를 때

나를 감싼 껍질 하나씩 벗겨지고

처음 태어난 그날처럼

신은 나를 시험하려 한다.

유혹은 인간을 위해 만들어진 것.

나 또한 그러하기에

침묵으로써 그를 맞이하여

시간의 법칙을 부수었다.

그것은 비할 데 없는 쾌감.

시기하는 자들이 만든 고통의 단어는

천사의 왼쪽 날개에 걸어두고

편견을 거슬러 환희의 들판으로 간다.

어둠에 붙들린 들판의 고요함이여.

내 정신의 근원은 이미 나의 것 아니지만

이 짧은 순간의 환희를 기억하리라.

신이 준 가장 숭고한 가치를 위하여.

환상

흐린 하늘 밑의 자욱한 습기
알 수 없는 밤의 인종 사이로 뿌려진다.
정신은 타는 듯 날아가버리고
거친 입김 속의 비릿한 유혹.
걸음은 스스로 미쳐
물기 어린 사색 불빛 아래 질주하고
나의 것이 될 수 없는 환상은
그림자처럼 아무것도 입지 않았다.

6부

풀
잎
이

되
고

싶
다

풀잎이 되고 싶다

이젠 아무것도 할 수 없을 거라고
삭은 풀잎에 내려앉은 냉기는
내 귓가에 속삭인다.
나 또한 지나가는 계절의 그 시린 마음을
붙잡을 수 없다는 걸 안다.
하지만 어떤가.
이미 피부를 건드리는 햇살의 감촉
그 오래된 기억은 이렇듯
생생하게 살아만 나는데.
숨결마저 잠재우고
익은 냄새 가득한 들판에 몸 누이면
세상은 어디인지
나 또한 무엇인지
사람의 음성 사라진 이곳엔
삶의 그리움을 떨칠 수 없어
차마 떠나지 못한 영혼만이 남아 있다.
들판은 폐허처럼 얼었다가
감당할 수 없는 생명을 피웠고
또 이렇게 사그라들고 있다.
오직 바람의 속삭임뿐인 이 고요함을

나는 차마 떠날 수 없다.

이미 감긴 눈은 볼 수 없어도

가만히 귀 열어놓으면

햇살에 풀잎 말라가는 소리

들판 가득 공허의 흔적을 잠재우고

이젠 한없이 내려앉은 가슴을

나는 저 빛나는 들판에 실어 보낸다.

그래.

풀잎이 되고 싶다.

그냥 피었다가

여름 내내 따사로운 햇살 받고

어느 순간 소리도 없이 사라져버리는

그 아름다운 허무가 되고 싶다.

눈 오는 역을 떠나다

눈이 오는 역을 떠나며
이젠 긴 방랑의 끝을 지난다.
새들의 소리 흩어져버린
오래된 역의 그 육중한 침묵을
다시는 듣지 않으리라.
가을밤이면 눈 감은 내 몸으로
떨어져 내리던 낙엽의 가벼움을
더 이상 느끼지도 않으리라.
기차는 예정대로 떠나고
어두운 역 가득
침묵의 사슬에서 풀려난 밤의 눈빛은
날고 또 날고 또 날아
저 한없는 겨울 하늘로
끝내 사라져버린다.
나는 미처 알지 못했다.
아무도 남지 않은 역 너머에
질긴 삶을 두었고
아픈 사랑을 두었고
또한 아름다운 젊음을 두었다는 것을.
숭고한 진실 그것은 왜

떠나는 자만이 볼 수 있는 것일까.
역은 조금씩 멀어지고
내가 믿었던 모든 것들 또한 멀어져간다.
차마 눈물 흘릴 수 없는 것은
저 숨 막히도록 하얀 눈의 쏟아짐.
이젠 눈을 감으리라.
마음마저 닫고 철로가 끝나는 곳까지
그냥 잠이 들리라.

겨울 오후

어느 순간 가만히 귀를 기울이면
늦은 오후 그늘 서린 공기 속으로
세상은 많은 말을 속삭인다.
한동안 듣지 못했던 가벼운 새소리와
잠시 풀린 늦겨울 따사로운 햇살.
생명을 다시 피우려는 계절의 몸짓처럼
아이들 잘게 뛰는 소리는
침묵하는 거리의 숨결마저 일깨우고
긴 잠,
그 묵은 끝에서
나는 닫힌 문의 봉인을 떼어낸다.
세상은 아직도 숨 쉬고 있구나.
아직 깊게 눈 감은 거리의 나무에도
삶의 향기는 지워지지 않았고
새 피(血)처럼 신선한 숨결을
나는 내내 그리워하고 있었네.
언젠가는 이 거리를 떠났던 온기도
그렇게 찾아오겠지.
나 어느 날 문득 문을 열고
아무도 밟지 않은 새벽길을 나설 때

낯선 이처럼 순결한 모습으로
나를 안아주겠지.
아이들 소리 잦아들고
시간은 상념의 작은 운명을 스쳐가네.
유리창에 비친 내 모습 한참을 보다가
내 몸이 어스름에 덮일 때까지
그냥 누군가를 생각했네.

탑리역에서

자정 넘어 아무도 내리지 않는 탑리역.
아직도 남은 기차의 육중한 소리 밟으며
홀로 철길을 걷는다.
어둠만이 감도는 길
불빛은 안개처럼 뿌옇게 부서지고
마치 존재하지 않는 세계로 가는 것처럼
신비한 기운이 나를 감쌀 때
낯선 나그네를 맞이하는 늙은 역장.
오랜 세월
사람 하나 내리지 않은 때가 더 많았어도
그는 늘 이 늦은 밤
자식 같은 기적 소리 기다렸겠지.
다음 기차 묻는 내게
쓸데없는 이야기를 이어가는 그의 모습이
왜 이토록 이 작은 역의 고요함과 닮았을까.
몇 시간 전에 마신 술기운을 빌어
살 속으로 파고드는 한기를 잊고
텅 빈 대합실 끝도 없는 상념에 잠겼네.
그럴 때면 늘 그런 것처럼
지난 기억은 낯선 타인의 이야기같이

떠올랐다가는 금방 잊혀지고
잊혀진 줄 알았는데 다시 생각나고
삶이 무엇이지 정말 모르겠네.
잠시 역사를 벗어나
불빛 하나 없는 작은 마을을 바라보노라면
이곳에도 사람은 살고 있구나
이곳에도 삶은 그 끈질긴 생명을 이어가는구나.
다만 깊은 잠에 빠졌을 뿐이겠지.

겨울밤의 한기를 따라
차가움보다 더한 고독이 밀려올 즈음
기차 시간을 알리는 음성이 들리고
나는 왠지 낯설지 않은 역장의 안내 받으며
올 때처럼 그렇게 어둔 길을 걸어간다.
새하얀 불빛만이 보이는 기차가 도착하고
세월 묵은 웃음 띠어 보이는 그를 보며
나는 기차에 오른다.
다시는 오지 못할 상상의 역일까.
꿈처럼 멀어지는 역이
마침내 어둠 속에 가려져 흔적조차 없을 때

나는 그제야 깊은 잠 속으로 빠져든다.

내 삶의 어느 작은 한편에

그림처럼 새겨질 작은 역이여.

산 1

산은 오르지 못하는 곳.
나는 산을 볼 때마다 어둠을 생각했다.
그 비밀스런 상념은
내 유년의 고통이었고
영원한 시간 사이로 끝없이 떠돌다가
끝내는 돌아오고 마는
내 아련한 영혼이었다.
한없이 어두운 산 그림자에 묻혀
나는 산 오르는 이를 바라보았고
또 산 내려오는 이를 바라보았다.
그럴 때면 늘
산은 가만히 바람 불어
내 유약한 눈을 감기곤 했다.
눈 감으면 보이는 것은
어디인지 모를 새하얀 어둠과
끝도 없이 방황하는 영혼.
지나간 사람들에 대한 기억은
어느새 지나간 바람과 함께
그 깊은 어둠 너머로 사라져버리고
해가 없어진 하늘을 느꼈을 때

나는 이미 움직일 수 없었다.

숨이 멎은 것처럼.

산 2

산을 오른 적은 없다.
때로 거친 발밑에 신음하는 환상의 오도를 보며
내가 오른 것은 다만
폐허의 애처로운 자존심이란 걸 안다.
하나 무너뜨릴 것 없는 소멸의 공간에
긴 폭풍 소리 사이를 갈라오고
제대로 흩날리지 아니한 발자국엔
이미 울음조차 떠나버렸다.
밟아도 밟아도 밟히지 않는 이 길은
정녕 그 누가 걸었던가.
무너져라 무너져라.
찬란한 이상은 무너져라.
오한에 젖어 돌아갈 수 없는
이 몸도 무너져라.

죽어 진실 된 흙에 묻힌다면
내 헛된 발걸음도 아깝지 않으리.

산 3

산은 인생이다.
어린 새싹, 제법 자란 나무들, 커다란 고목,
온갖 생의 모습들이
죽음의 근원에 기대어
묵묵히 자신의 자리를 지킨다.

산은 인고의 표상이다.
살을 깎는 거친 기계음과
뿌리를 쓸어가는 비정한 외침이 있을지라도
그저 비애의 눈물만을 흘릴 뿐
모든 아픔을 자신에게 돌린다.

산은 문학이다.
태곳적부터 있었던 무수한 시인들 중에
그 누가 산처럼 아름다운 작품을
아니 조금이라도 비슷한 작품을
펜 끝에 토해낼 수 있었던가.
누구도 벗기지 못한
신비의 안개에 덮여 있을 뿐이다.

나는 산을 정복하고 싶다.
산을 오른 무수한 사람들이 거쳐간
그 몸뚱아리가 아니라
그 어떤 이도 알지 못한 산의 실체
그 마음속으로 들어가고 싶다.
산은 표현할 수 없는 그 무엇이기에.

비에 씻기우다

비 오는 날 생각이 많아진다는 걸
삶은 내게
무슨 무게처럼 지어주었네.
아무도 없는 집
라디오의 흥겨운 노랫소리는
비 내리는 창밖에 채 나가지도 못해
어울리지 않는다는 것을 알기에
잠자듯 숨죽인 저녁 어스름을
나는 방 안 가득 맞아들이네.
무슨 할 말이 그토록 많길래
하늘은 저렇게 슬픈 눈빛을 뿌릴까.
누군가 생각나는데
하지만 이미 떨어진 비처럼 볼 수 없는 걸
하늘은 알고 있는 것일까.

먼지 앉은 유리창은 벌써부터
흘러내린 빗줄기에 씻기어가네.
오래된 앙금마저
세월 같은 바람에 밀려
그냥 흘러 사라져가네.

삶도 저처럼 투명하게
거짓 하나 없이 차갑게 씻을 수 있다면
나 그냥 길 걸어가려만.
하지만 기억은 지울 수 없네.
이토록 흘리고 또 흘려도
결코 눈물 멈추지 않는 하늘처럼
삶의 끝이 보이는 순간까지도
내내 나를 떠나지 못하리란 걸
삶은 내게 무슨 무게처럼 안겨놓았네.

그 역에 다시

언젠가 아주 오래전에 지나쳤던 역
내리는 사람 없이 열차가 쉬어가던 곳.
그땐 참 아팠었지.
멀어지는 그 작은 역의 허름한 모습이
누군가와 닮았다는 생각 들었지만
이제는 알겠네.
옅은 비 내리던 그날
상처받은 내 젊음은
삶의 한 모퉁이를 돌아섰다는 걸.
가슴속 가득 담겨 있던 열기마저
모두 사라졌다는 걸.
그리고 다시 돌아갈 수 없었네.
그토록 쉽게 상처받고 힘들었던
아름다운 감정의 시절.
다시 아파오지도 않았네.
무엇인가 아주 소중한 것을 잃어버린
그래서 가끔은 쓸쓸하기도 했지만
그냥 세월 바라보며 살았네.

지금 다시 그 역에 내리네.

예전 모습 생각나지 않아

나는 낯선 사람처럼 철길을 걸었네.

그땐 왜 그렇게 아팠을까.

다시는 느낄 수 없기에

아직도 어딘가에 내 마음 남아 있을 것만 같아

나는 한참을 움직일 수 없었네.

그날처럼 옅은 비는 하늘 가득 부서지고

이젠 그리움이 된 젊은 날의 아픔 되어

가슴 마냥 부풀게 하네.

언젠가 다시 찾는 날

그리움마저 잊혀져갈 때

그냥 한없이 울고 싶네.

아침 비

이른 아침 세상을 적시는 소리가
깊은 잠을 깨웠네.
밤새 열어놓은 창문을 넘어오는 건
이미 바뀐 계절의 음성.
졸린 눈 사이로 아침의 서늘함 지나갈 때
일상처럼 문을 열고 나섰네.
옅은 비로 덮인 아침은 아직 잠들어
은빛 가득한 거리를
나 소리 하나 없이 걸어가네.
처음 한 사랑의 느낌이 이랬을까.
빗소리마저 사라진 이 고요함을
아침은 한없는 그리움으로 가득 채웠네.
끝없이 달콤하고
낯선 세상처럼 신비한 적막의 안개
그 아름다움을 나는 잃고 싶지 않네.
이미 짙게 물든 세상의 슬픔 또한
나는 결코 외면하지 않으리.
잎 푸른 나무 곁으로 바람이 흘러가면
물기는 그늘 사이로 날아가고
생명의 향기 가득한 길가 수풀엔

잠 깬 아침의 호흡 소리 흘러나오네.
그러면 나는 가만히 서서
오랫동안 잊었던 그리운 이름처럼
그렇게 아침을 불러보네.

이미 벚꽃 지고 없다

어제 내린 비의 흔적 모두 사라져
옅은 바람에도 묻어나는 햇살의 향기
길을 가득 채웠네.
문득 바라본 벚꽃 나무
이미 꽃은 모두 지고
꽃이 핀 걸 모르고 지나친 사람의 마음을
나는 잠시 나무 곁에 기대어본다.
생명은 늘 알지 못하게 왔다가
또 그렇게 가버리는구나.
그리움에 병든 마음을
저 땅에 떨어진 꽃잎은 가져갈 수 있을까.
그토록 하얗게 햇살 머금었다가
이젠 예정된 운명처럼 사라져
텅 빈 나뭇가지 걸린 하늘에
흔적 없는 향기만 남겨놓았네.
지친 마음 바늘처럼 꽂힌 무엇을
나 이제 그렇게 보내고 싶네.
떨어져 사그라드는 꽃잎처럼
나 그렇게 살고 싶네.
저 하늘 가득 그리움만 남기고
서늘한 바람 되어 흘러가고만 싶네.

옛집

예전에 살았던 집
아직도 거기 있네.
사람 없는 가을을 몇 번이나 거쳤는지
감나무 마른 잎 떨어진 자리엔
이미 어린 시절 발자국 흔적조차 없네.
해 질 녘의 설렘에서
가슴은 한없이 내려앉아
어느덧 옅은 어스름으로 흩어져버렸네.
간간이 오래된 나무 냄새 나는 바람 불어와
무너진 토담 속으로 숨어버리면
무엇일까
내가 볼 수 없는 신비한 기운이
마치 살아 있는 느낌처럼
이 오래된 집의 구석구석을 흘러 다니고
서늘한 공기 속으로 풀린 마음은
너무 맑아 부서질 것 같이 투명한
그 투명한 무상함으로 살아나고 있다.
집, 마당, 처마 그리고 하늘.
불러보고 싶었던 어린 날의 감촉들.
어둠으로 둘러싸인 하늘을 날고 있는 건

차라리 투명한 허무와도 같은 것이 아닐까.

눈이 오는 나라의 사람은

아무것도 보이지 않는 이 아름다움에 뿌려지듯

달빛처럼 산화해버렸다.

소멸될 것 같은 존재의 곁에 선 달.

거기에도 기억은 이렇게 있구나.

슬픈 날

가슴 아픈 날이면 무엇을 하나.
걸음마다 챙겨오는 뼈의 감촉.
햇살은 바람에 실려
곧은 머리칼 위에 방울지고
비애를 맛본 적 없는 그 화사함에⋯.

정동진 가는 길

나 어쩌다
이 외로운 길을 가고 있나.
산 너머 두고 온 것들에 대한 환상
어제부터 줄곧 피운 담배처럼
내내 떠날 줄을 모르고
길 저편의 정적
내 마음 한없이 두렵게 하네.
심장까지 파고드는
자욱한 안개의 무리
이 투명한 아침을 지나
어디로 향하는 걸까.
끝도 없는 불안의 늪을 헤쳐
가만히 고개 돌리면
아, 바다.
오랜 잠에서 이제 일어나
은빛 숨결을 토해내는
상념의 동반자여.
침묵의 물결로 감춘
그 수많은 인고의 언어
내 적막한 가슴에 보내다오.

바람처럼 가볍게
나를 감싼 두려움의 使者를
가져가다오.
오래도록 사람 다니지 않은 길을 지나
나 이제 걸어간다.
저 멀리 바다가 가리키는 곳.
길이 끝나는 곳으로.

소다수 마시던 날

소다수 처음 마시던 날
지나가던 새가 물었다.
어떠냐고.
날아갈 것 같다고 했다.

소다수 두 번째 마시던 날
시속 100킬로 차가 물었다.
어떠냐고.
짜릿하다고 했다.

소다수 세 번째 마시던 날
스쳐가는 바람이 물었다.
어떠냐고.
마실 만하다고 했다.

소다수 네 번째 마시던 날
소다수 한 번도 먹어보지 않은 사람이 물었다.
어떠냐고.
내 대답은 이랬다.
마셔보면 알아.

그 깊은 그늘

종일 내리던 비 갑자기 그친 것은
가로등 불빛 환한 여름밤.
먼지 가라앉은 공기가 그리워
습기 가득한 나무 아래로 간다.
풀잎엔 빛나는 생명의 눈물.
그 눈부신 은빛 사이로
참았던 풀벌레 소리 터져 나오면
나무는 그 깊은 그늘을 드리운다.
하늘마저 가린 수많은 잎사귀엔
구름 너머 별빛의 그리움이 내려앉아
서늘한 바람 따라 세상으로 흘러간다.
누구를 부를까.
이 아름다운 밤으로.

이른 아침

아직 어두운 이른 아침
몇 년 만에 돌아본 윗마을 가는 길엔
옥수수밭, 포도밭 모두 없어졌어도
고개 위 성황당의 돌무덤은 그대로구나.
걸음마다 얼굴에 와닿는 하얀 아침의 숨결
이슬 되어 온몸을 적시고
어제 내린 비에 온통 젖은 푸른 생명들.
한숨 크게 들이쉬면
풀잎은 그대로 시원한 향기가 된다.
그토록 높았던 언덕
이제 한걸음에 넘을 수 있는 것은
이미 내가 다 커버렸기 때문일까.

돌아오는 언덕길 그냥 넘기 아쉬워
성황당 돌무덤에 작은 돌 하나 놓고 돌아서면
어느새 길가 숲에선 잠 깬 생명들의 기지개.
모퉁이 돌아 집으로 올 때에
언제 다시 올 수 있나 하는 생각에
아쉬워 내내 돌아보았네.

친구 음성

하릴없이 무료한 밤
가슴 누르는 바람 소리
창을 타고 넘어온다.
눈 가만히 감고
언젠가 있었던 일들 그려볼 때
텅 빈 상상의 끝처럼
그렇게 달라붙는 전화 소리.
누구라고 물어보기도 전에
친구 음성은 전류처럼 짜릿하게
문득 가슴을 친다.
무슨 말을 하나.
오랫동안 생각지 못한 마음
이내 엇갈린 말로 전화선을 넘어가고
왠지 어찌할 수 없는 미안함만이….
하지만 귓가에 전화기 꼭 갖다 대면
금방 옆에 있는 것만 같은 친구 음성
어색한 시간 너머
가슴 가득 흘러오고
마음은 어느새 오래전 그날로 돌아간다.
묻어두었던 이야기

말할 사람 없었던 이야기
나 또한 잊어버렸던 이야기.
내 작은 방 안은 너무 고요해
이야기 소리만 가득 나를 감싼다.
아주 긴 시간
말은 이미 모두 사라졌어도
나는 느낄 수 있다.
전화기 내려놓은 손끝에
작은 온돌처럼 남아 있는 친구 마음.

도시 떠나기

나 떠나왔다네.
가을 하늘 강물처럼 흐르는 날
아름다운 젊음 남겨두고
나 이제 떠나왔다네.
하늘엔 서광처럼 따사로운 햇살.
유혹하는 살내음 가득한 거리를 헤치며
나는 떠나가는 자의 이름을 남긴다네.
슬픔, 눈물, 후회
익숙한 감정의 언어는 이미
밀도 짙은 도시의 공기를 떠나버렸고
가끔씩 그래도 남은 고독의 흔적은
생명 다한 낙엽이 되어
찬란한 빛의 허공 속으로 떨어져 내리네.
문득 누군가 슬퍼해준다면
난 그래도 길을 가겠네.
빛의 이면에 감추어진 먼지처럼
그냥 세상 살아가겠네.
사랑은 벌써 끝났고
이젠 그리움마저 사라져
아주 먼 어떤 곳으로
나 영영 떠나간다네.

새벽 강가

가을이 이토록 깊었는 줄 몰랐네.
강이 보이는 길을 돌아서는 순간부터
심장까지 훑고가는 그 서늘함.
아직 깨지 않은 짙은 안개의 숨결
어두운 새벽을 온통 가득 채웠네.
어찌 알 수 있으랴.
엄숙한 정지의 시간처럼
강은 제 모습을 보이지 않고
나 또한 안갯길을 헤치지 못하니.
이미 얼어가는 공기를 발걸음에 얹으며
모습 감춘 강가에 섰네.
희뿌연 고요 속에 드리워진 것은
지난밤의 한기를 견딘 몇 개의 낚싯대.
그 뒤에 앉은 사람 어디 갔을까.
이미 가슴까지 스며든 안개 되어
저 고요한 하늘을 날고 있을까.
안개 속을 걸었네.
눈앞에 다가오는 엄엄한 생명의 숨결
감히 흩트릴 수 없는 그 아름다운 적막을
나는 다만 동경할 뿐이네.

감정의 옷을 입은 현실을 나는 사랑하네.

보이지 않는 세상을 감싸 안은

안개의 진실을 나는 또한 믿네.

바람이 지나가고

안개 조금씩 흘러갈 때 순간처럼 보았네.

낚싯대 드리워진 뒤에

그림자처럼 나타나는 사람을.

안개 속에 숨어 있었네.

서늘한 비

길을 걷다 비가 온다는 것을
아주 오랜만에 세상이 젖어간다는 것을
나는 바람에게서 들었네.
이미 그늘이 드리워진 마른 땅에선
기억이 묻어 있는 흙냄새 올라오고
하늘마저 오래된 빛깔
그리움의 향기로 물들어가네.
우산 없이 비를 맞는 사람들
그들의 마음을 나는 아네.
젖은 눈에 담긴 이야기를
아주 오래된 비의 추억을
나는 처음 그 설렘처럼 바라보네.
기억은 아직도 남아 있네.
이렇게 비가 오는 날이면
나도 모르게 익숙한 이 길을 걸어
그녀의 옛집을 찾아가네.
수많은 세월의 흔적 속에
그토록 아프고
그토록 아름다운
나는 그녀를 잊을 수 없네.

비가 오면 다시 찾아오고 마는

질긴 이야기의 결말처럼

나는 정말 그녀를 잊을 수 없네.

젖은 입술 떨며

오래전처럼 그녀에게 전화를 걸었네.

대답 없는 수화기 한참을 들고 있었네.

무언가 말을 하려 했지만

흘러내린 빗물만 입술로 흘러들었네.

그냥 그렇게 있다가

빗속에 가버린 그녀 보고 싶어

한참을 소리 내어 울었네.

전통적인 시학의 이해와 계승,
미래에서 온 고전주의자 장원락의 시 세계

김도언(시인, 소설가, 살롱 도스또옙스끼 대표)

이 시집에 수록된 183편의 시를 쓴 장원락은 안타깝게도 지금 이 세상 사람이 아니다. 신문 부고를 검색해보니 2019년 5월 지상에서의 삶을 마친 것으로 되어 있다. 그러므로 그는 자기 시집인데도 이 시집을 볼 수 없고, 이 시집의 권말에 실리는 이 글 역시 볼 수 없다. 이 글은 말하자면 그의 유고시집에 수록되는 해설쯤 되는 것인데, 그 운명이 다소간 얄궂을 수밖에 없는 것이다. 시집의 해설을 쓰는 일이 집필자들에게 안겨주는 모종의 기분 좋은 긴장감이 있는데, 그것은 시인이 자신의 시편을 해설한 원고를 읽고는 어느 정도 공감과 동의를 표할지를 상상하는 일이 그것이다. 그런데 불행하게도 이 해설은 애초 그런 긴장감을 기대할 수 없다. 하지만 장원락과 나 사이에는 시가 놓여 있다. 시는 이때 '동기감응'처럼 물리적 감각을 소환하는 비가시적인 매개물이 된다. 해설 원고를 쓰기 위해 몇 번이고 시를 정독한 지금 나는 그가 어떤 사람이었는지 알아버린 기분이다.

장원락은 내가 알기로 생전 일간신문 기자로 일했다. 그런데, 기자記者라는 어휘를 글자 그대로 풀이하면 '기록하는 사람'이라는 뜻이 된다. 시인이라는 어휘 역시 글자 그대로 풀면 시를 쓰는 사람이라는 뜻이다. 아마도 기자와 시인이라는 직업만큼 그 일의 속성을 가장 단순하면서도 최소한의 의미소로 지칭하는 직업도 드물 것이다. (아, 나무를 쓰는 사람이라는 뜻의 목수라는 직업도 그러한가.)
아무려나 시인과 기자라는 이 두 직업은 필연적으로 대상과 세계를 깊이 응시gaze해야 한다는 공통점이 있다.

장원락이 기자와 시인이라는 가장 자연스럽고 단순한 행위의 주체자로서 삶을 살았다는 것은 사실보다 많은 것을 내포하고 암시한다. 그의 삶이 정직하고 투명한 노동에 복무했다는 정보는 그만큼 단순하고 소박한 직업의 윤리 위에서 그의 감성과 감각이 작동했으리라는 추정이 가능한 것이다. 시편을 읽으면서 나는 '아, 어쩌면 이렇게 완벽에 가깝게 언표와 행위와 노동을 일치시키는 삶이 있을 수 있단 말인가.' 탄복하면서 자주 그를 상상하곤 했다. 장원락의 시편이 재현하는 그의 삶은 정신적인 영역의 미니 멀리즘에 경사된 것처럼 보였다. 응시와 성찰과 조응과 감사가 사계처럼 순환하고 있었던 것. 생전의 장원락과 친분이나 소통이 전혀 없던 나로서는 이와 같은 짐작이 다소간 조심스러울 수밖에 없지만, 그가 남긴 시편들이 보여준 지각과 감성의 체제는 그가 어떤 삶을 살다 갔는지를 충분히 유추하고도 남음이 있는 것이었다.

일단 그가 남긴 시편들은 '응시와 조응에 의한 받아쓰기'라는 시의 재래적인 작동 원리를 재현하고 있는 증물로 보인다. 응시와 조응은 기본적으로 예술 작품을 자연의 모방으로 본 플라톤 시대 이래로 시인이 갖추고 있어야 하는 기본적인 재능으로 간주되었다. 그것은 19세기 프랑스 상징주의 시까지도 지배력을 가질 정도로 유구한 것이다. '응시'를 시의 주된 기술 전략으로 보는 것은 동양의 경우도 서양과 다르지 않다. 동양 시학에서 시는 인간의 감정을 담아내는 그릇이며, 인간의 감정이 사물이나 자연과 조응하면서 뜻을 펼치는 것이라고 말한다. 인간의 감정이 사물 또는 자연과 조응한다는 것은 시적 주체가 사물 또는 자연의 일부가 되어본다는 것과 같은 뜻이다. 그러면서 관계가 품고 있는 다층적인 진실을 포착하는 것이다.

장원락의 시는 이와 같은 전통적인 시학의 이해와 계승이라는 토대에 서 있다. 2000년대 이후 한국 현대시는 외래 문물과 대중 하위문화, 멀티미디어, 미시적 정치 담론, 소수자성 등을 적극적으로 받아들이면서 전위와 실험의 최전선으로 치달았다. 신서정, 미래파라는 담론장 위에서 다양한 시적 개성들이 모색되었는데, 이 과정에서 전통적인 서정의 문맥이 다소간 위축되는 측면이 있었다. 자연과 사물을 응시하면서 거기에 시적 주체의 감정을 조응시키는 시적 전략은 낡은 것으로 치부되기도 했다. 내가 짐작하기로 장원락 역시 일간지 기자의 명민한 감수성으로, 그리고 시를 아무도 모르게 자족적으로 섬겨온 시인부락의 일원으로서 이와 같은 현대시의 시적 변개와 흐름을 모르지 않았을 것이다. 아니, 아마도 분명히 자각하고 있었을 것이다.

그러나 내가 받아든 183편의 시에서 2000년대 시단을 지배했던 파편화된 이미지의 배열과 언어의 전략적 해체, 신서정 또는 탈서정의 욕망은 발견되지 않는다. 장원락이 그런 것에 감염되어 있었다는 그 어떤 혐의도 없다. 그리고 나는 오히려 역설적으로 그것이 장원락 시가 가진 고유한 독자성으로 의연하게 현현되어 있다는 느낌을 받았다. 그리고 그것이 독자에게 미더움을 안기는 매혹으로서 기능할 수 있다고 느꼈다. 장원락은 미래에서 파견된 고전주의자라고 할 수 있다.

배경과 실존 사이 여백, 비관과 초월의 욕망

장원락의 시에서 자주 목격되는 심상의 구조는 비관에 기운 듯한 실존적, 혹은 절대적 이미지를 특정한 배경 앞에 배치하고 배경과 실존적 이미지 사이의 여백과 그 여백 속에 존재하는 인사이트를 포착하는 것이다. 물론 이것도 전통적인 시문법이 오랫동안 존중해온 시적 스킬에 해당한다. 기교와 작위의 세계를 경계하면서 물상과 나를 포개어놓은 방식이다.

새들은 떠났습니다. 얼어붙은 눈의 번들거림만이 검푸른 달밤의 흔적으로 남았습니다. 어디론가 날아가버린 새들은 저 높은 어둠 속을 헤매고 있겠지요. 세상이 있고 그 위에 또 다른 세상이 있고 다시 그 위엔 이름 모를 고통의 새들이 날고 있습니다. 아무것도 보이지 않는 밤의 장막에 싸여 더 높게 더 멀리 날갯짓을 합니다. 그러나 밤은 너무나도 순간일 뿐 흐느끼는 새의 모습은 곧 환한 세상에 드러나겠지요. 사람들은 밤새 사라졌던 새의 변함없는 모습에서 새하얀 밝음을 가져오려 하지만 새는 어둠이 드리워질 시간만을 기다립니다. 얼어붙은 눈 위로 쏟아지는 푸른 달빛과 함께 저 높은 어둠을 향해 날아갈 시간을 말입니다.

－「갈망 1」 전문

「갈망 1」이란 작품은 어두움이 깔린 밤하늘을 날아서 보이지 않는 세계로 이동한 새의 이미지를 통해 존재의 시원과 끝을 통찰하고 있는 작품이다. 이 시에서 실존적 또는 절대적 이데아라고 부를 수 있는 건 '새'이고 배경은 어둠과 하늘이다. 장원락이 새라는 대상을 통해 포착한 이상은 다소간 '비관적인 낭만'이라고 부를 수 있는 세계에 닿아 있는데, 이것은 "세상이 있고 그 위에 또 다른 세상이 있고 다시 그 위엔 이름 모를 고통의 새들이 날고 있습니다."라는 인상적인 진술을 통해 구체화된다. 밤이 지나 '환한 세상'이 드러나면 밤하늘로 사라졌던 새의 모습이 다시 나타나겠지만, 장원락에 의하면 이 새는 밝은 세상에 나타나는 것을 원치 않는다. 다시 "어둠이 드리워질 시간만을 기다"리면서 고통으로의 비상을 꿈꾸는 것이다. 여기서 고통이란 구체적이고 물리적인 고통이라기보다는 명민한 감수성을 가진 시인들이 관념적으로 촉지하는 세계의 비정함을 가리키는 것이라고 보는 것이 합리적일 텐데, 그렇다면 '새'는 시인 자신의 객관적 상관물일 수밖에 없다. 이처럼 비관적 낭만, 혹은 초월적 비관으로 포에지를 만들면서 시인의 심상을 사물에 포개는 방식은 장원락 시의 중요한 특질로 보인다.

한 해가 수북 쌓인 문을 열고
밤바람 외로운 공터로 나가면

문 닫히는 소리

밤의 낙엽 되어 가슴가를 맴돈다.

별 하나 보이지 않는 하늘이 너무 맑아

얼어붙은 달에선 얼음 냄새 난다.

세상의 그 무엇도 닿을 수 없는 곳

나는 그 차가운 달을 지나

먼지처럼 흩어지는 생을 본다.

차라리 너무 푸르러

바람마저 먼 하늘가로 흘러가면

생의 흔적은

이제 막 잎 떨군 나무 위에 걸려

차마 내려앉지 못한다.

－「생의 흔적」 전문

선연한 이미지를 배경으로 부려둔 이 시편에서도 시적
화자는 초월적 비관의 태도로 밤바람 부는 공터의 풍경을
묘사하는데, "한 해가 수북 쌓인 문을 열고/밤바람 외로
운 공터로 나가면/문 닫히는 소리/밤의 낙엽 되어 가슴가
를 맴돈다./별 하나 보이지 않는 하늘이 너무 맑아/얼어붙
은 달에선 얼음 냄새 난다."는 진술을 통해 마치 견고한 고
딕체의 정물처럼 배경을 깔끔하게 군더더기 없이 정형화
하는 솜씨를 보여준다. 그러곤 "차라리 너무 푸르러/바람
마저 먼 하늘가로 흘러가면", "이제 막 잎 떨군 나무 위에

걸려/차마 내려앉지 못한다."고 생의 흔적을 묘파한다.

그렇다면 장원락은 왜 비관과 초월이라는 다소간 이질적으로도 보이는 세계를 응시의 대상으로 삼아서 시적인 구조를 통해 조응하려고 했던 것일까. 사실 비관(현실)과 초월(탈현실)이 시적 미메시스의 제재로서 서로 연동될 수 있는 여지가 없는 것은 아니다. 비관은 엄중한 현실 인식의 결과물인 동시에 문학의 전망이기도 하고, 초월은 현실에서 탈주하고자 하는 무의식적 욕망이 가장 열렬히 고대하는 가능성이기도 하기 때문이다. (우리는 워즈워스와 바이런, 두보와 소동파 등의 시에서 비관과 초월의 세계가 원융회통하는 것을 목도한 적이 있다.)

우선 추정해볼 수 있는 것은 장원락에겐 반드시 자기 자신에게 해명해야만 하는, 혹은 자신에게 설득이 되어야만 하는 극적인 '상처'나 '결락'의 경험이 있었던 것 같다. 상처와 결락은 타인의 측량을 허락하지 않을 만큼 주관적인 제재인데, 대체로 비관과 초월이라는 세계로 그 주체를 유혹한다. 상처를 기피하기 위해 상처가 존재하는 세계를 부정하고 비관하다가 상처 없는 세계로의 초월을 꿈꾸는 식이다. (상처나 고통이 성숙을 가져다준다는 식의 잠언은 비관과 초월 사이에서 어지간히 방황하다가 그것이 종료된 후에나 기대할 수 있는 것이다.) "시작과 마감의 교차로에서/홀로 석상처럼 굳

어져/난 갈 곳을 모른다./아니 잊어버렸다./고통과 인고의
세월이 내게 준 것은/절망도 유희도 아닌/타는 듯 메마른
허무였다./존재에 대한 단념./기대는 없다./난 나 자신을 포
기한다./나의 영광을 위해 싸우지 않으련다./무언가 새로
운 영광의 주인이/나의 영혼을 이끌어줄 때/비로소 나는
찾을 것이다./잃어버린 나의 본질과/인고의 세월./끝이 아
닌 시작이다." 다소간 극단적이고 일방적인 진술이 이루어
지고 있는 「끝의 의미」라는 시편의 중반부터 마지막 행을
인용해본 것이다. 장원락은 "고통과 인고의 세월이" 분명
히 자신에게 있었음을 진술하면서 존재를 '단념'하기까지
에 이른다. 단념이란 무엇인가. 정신적 욕망의 모든 가능성
을 끊는다는 것이다. 얼마나 큰 고통이었고, 또 얼마나 인
고의 세월이 썼으면 "나 자신을 포기한다."고 선언했을까.
차라리 이것은 시적 언술이라기보다는 비명에 가깝다. 장
원락은 시에 비명을 집어넣으면서 역설적으로 존재의 눈
부신 의미, 존재라는, 끝을 가질 수밖에 없는 유한한 삶의
의미를 독자들에게 바투 던진 것이다. 장원락의 비관에의
경도는 「자화상」이라는 시편에서도 분명히 읽히는 바 "아
주 조그마한 소망의 기도가/깊어가는 밤하늘의 달을 향
할 때/먼 듯 가까운 듯 희미한 음악 소리/세상은 여윈 잠
속으로 빠져들고/달빛은 그 위를 덮어준다./초라한 모습을
보이기 싫어/고개 숙인 영혼./누구도 탓할 수 없는 스스로
의 자조에 빠져/내일을 두렵게 바라본다." 같은 표현에서

도 직선적이라고 해도 좋을 선연한 심상을 노출하고 있다. 직선적인 비관의 태도는 확실히 눈여겨볼 만한 장원락의 시적 특질로서 각별한 독해가 요구된다 할 것이다.

성찰과 모색의 아이콘, 길

응시와 조응은 장원락 시의 중요한 전략이라고 나는 앞에서 말했다. 그런데 그 시적 전략이 하나의 매혹으로 기능하는 경우는 비관이나 초월의 세계를 탐닉하는 시편보다는 성찰과 모색으로 나아가는 시편들에서 더 자주 보인다. 나는 다시 여기서 장원락이 지상에 존재하는 시인이 아니라는 걸 상기한다. 그는 지상에서 사라졌다. 다시 말해 장원락은 죽음까지 경험한 시인이다. 죽음을 경험한 시인의 시편은 플래시백처럼 어떤 식으로든 그 죽음을 예비한다. 무구한 감성을 가진 시인으로서 장원락은 어느 시점에서는 자신의 죽음을 예감했을 것이다. 그렇게 추정할 수 있는 근거는 물론 내가 읽은 그의 시편이다. 성찰과 모색은 이 죽음의 예감과 깊은 연관이 있을 수밖에 없다. 성찰이나 모색은 유한한 사람에 대한 응전이다. 그것은 죽음을 삶 속에 포개놓는 가장 높은 수준의 정신적인 작업이기도 하다. 그래서 모든 위대한 시인은 죽음이라는 절대적 명제 앞에서 근본적인 성찰을 하게 된다. 오해의 여지가 있는 말인지는 모르지만 본질적으로 시인은 삶의 찬미자가 아니다. 오히려 죽음의 찬미자라고 하는 편이 맞다.

여기서 죽음의 찬미라는 말은 죽음을 수긍하고 권장한다는 의미에 갇히지 않는다. 죽음의 찬미는 죽음을 두려움의 대상으로만 받아들이지는 않는다는 뜻이다. 메멘토 모리, 죽음을 항상 기억하는 자만이 삶의 진정한 의미를 깨달을 수 있다는 뜻에 가깝다. 죽음을 경험해버린 장원락, 그는 자신이 살아 있었다는 하나의 결정적인 알리바이로써 진중한 성찰과 겸허한 모색이 가득한 시편들을 우리 앞에 남겨두었다. 장원락이 시에서 일종의 전술 전략으로서 성찰과 모색을 시작할 때, 그가 동원하는 이미지는 다름 아닌 '길'이다. 그는 길에 미학적으로 집착했던 것처럼 보인다. "내가 길이요, 진리요, 생명이오"라는 기독교적 명제를 장원락이 자신의 문학 세계에 어떻게 수렴했는지는 알 수 없지만 장원락은 「길」이라는 제목의 연작시 17편과 「길 위에서 만난 그대」라는 제목의 연작시 14편을 남겼다. 뿐만 아니라 이 시집에 수록된 시편 183편 중 3분의 1에 해당하는 시편에서 '길'이라는 시어를 쓰고 있다.

여름의 얼굴을 보았다.
잠시 내리던 비 그치고
가면처럼 벗어낸 피안의 환상.
갈증은 나를 힘들게 하여
아직도 먼 그곳을 향하게 하고
물기 머금은 나무는

이미 죽어가고 있다.

불안한 걸음 잠시 멈추면

그늘은 가만히 다가와

어둠보다 더한 유혹을 드리운다.

한없이 투명한 공기 속을 떠도는 것은

생명보다 생생한 죽음의 미소.

물기 다 날아간 곳에서

안식처럼 손짓하는 힘 잃은 바람.

그대로 드러눕고 싶다.

열기 안은 바람처럼

내 몸의 힘 다 빼고

감미로운 그늘로 사라지고 싶다.

길이여.

아직도 먼 그대여.

나 다시 일어서야 하는가.

꿈조차 녹아버리는 저 속으로

다시 돌아서야 하는가.

나의 환상이여.

- 「길 16」 전문

    장원락은 이 시에서 '길'을 공감각적으로 대상화하고 인격화하면서 자신의 삶이 처한 한계와 고통을 투시하는데, 마치 목소리가 들리기라도 하는 듯 시인의 언술 자체가 너무나 투명하고 정직하다. "어둠보다 더한 유혹"을 드리우며 "그늘은 가만히 다가"오는 때 시인이 본 것은 "생명보다 생생한 죽음의 미소"다. 시인은 "물기 다 날아간" 절망적인 상황에서 "안식처럼 손짓하는 힘 잃은 바람"을 감지하고 "그대로 드러눕고 싶다"고 말한다. 아울러 "감미로운 그늘로 사라지고 싶다"면서 죽음을 긍정하기까지 한다. 하지만 이때 시인의 심상이 붙잡은 것은 '길'이다. "길이여./아직도 먼 그대여./나 다시 일어서야 하는가."라고 정신을 융기시키면서 시인은 삶에의 희망을 부여잡는 것이다. 이때 길은 치유와 재생의 아이콘인 동시에 시인의 정신이 모색한 최고 수준의 피안이었을 것이다.

길은 인격화하면서 그것에 자신의 삶과 죽음을 대입시키는 시적 진술은 단순히 레토릭 차원에서는 이뤄지지 않는 것이다. 그것은 앞에서 말한 대로 장원락이 자신의 죽음을 명민한 시적 자의식으로 충분히 예비하고 감지했기 때문에 가능한 것이라고 봐야 한다. 이처럼 자신의 죽음을 통해 존재와 삶을 성찰하고 미지의 세계를 모색하는 길 연작시편들은 비교적 빼어난 시적 성취를 보여준다. 물론 이런 성취는 치열하면서도 간결한 직관이 시와 죽음이 동시에 가지고 있는 즉자적 진실의 공간을 열어보였기 때문에 가능했을 것이다.

별이 지나간 하늘엔

한없이 차가운 어둠만이 타다 남았다.

늘 돌아보면서도 알 수 없는 것은

죽도록 치열했던 아픔마저도

왜 그렇듯 흔적 하나 남기지 못했을까.

바람에 쓸린 별빛이 가슴을 관통하여

수천수만의 눈물로 산개할 때면

왜 이리도 아픔은 다시 찾아올까.

하늘 보며 수없이 떨었던 날들의 무의미함과

어느 날 이름 모를 강가에 묻어버린 마지막 아픔.

감히 지나온 길은 돌아볼 수 없고

운명은 죽음보다 두렵다.

- 「길 14」 전문

 시인은 성찰을 통해 회한을 감각한 후 이제 각성과 혜안의 세계로 나아간다. "흔적 하나 남기지 못"한 "죽도록 치열했던 아픔"을 소구하면서, 마치 윤동주의 순정을 소환하듯 "바람에 쓸린 별빛이 가슴을 관통하여/수천수만의 눈물로 산개할 때" 다시 찾아오는 아픔을 기꺼이 마주하는 것이다. 그러곤 "이름 모를 강가에 묻어버린 마지막 아픔"을 표지로 삼아서 "운명은 죽음보다 두렵다." 미학적으로 둔중한 충격을 안기는 절대적 진술을 하기에 이른다.

물론 시인이 성찰과 모색을 통해 닿으려고 했던 세계가 각성을 동반하는 절대적 긍정의 공간으로만 국한되는 것은 아니다. 「길 12」에서 장원락은 "길은 아직도 나를 기다린다./돌아보면 흔적 없는 길들./무수한 세월의 손길/저 파란 하늘로 지워져가고/눈물 덧없이 말라만 간다./길고 길었던 유랑의 세월/이제 갈 곳 더 없으리./언제나 떠난 뒤에 남은 흐느낌을/이제 보지 않아도 되리./죽은 이처럼 창백하게/큰 산의 숨결 한 모금만 삼키고/숨 쉬지도 않으련다.(-「길 14」전문)"라고 노래하면서 절망에 순응하는 모습을 보여주기도 한다. 그것은 그가 처했던, 아니 그가 감각했던 고통과 상처가 그만큼 다층적이었다는 걸 의미하면서 그가 얼마나 치열하게 앓는 것을 마다하지 않았는지를 보여주는 것이다. 순결한 시인만이 앓는다. 몸이든 정신이든 앓는 존재는 그렇지 않은 존재보다 세계를 더욱 깊고 섬세하게 촉지한다. 앓지 않으면 보이지 않는 세계를 앓으면서 개안된 눈동자로 밤을 새면서 응시했던 시인, 너무나 영민했기에 고독했고, 고독했기에 깊었으며, 깊었기에 또 앓아야 했던 시인이 바로 장원락이다. 죽음마저 초월한 듯 지상에서의 이별을 두고 꿈을 꾸러 간다고 말했던 그의 시편을 이 조악한 해설의 마지막 뒷자리에 경건하게 올린다. 눈물겨운 애틋한 그리움으로.

어느 날 문득

313

창 너머 바라본 세상은

꽃향기 풀풀 날리는 봄이었다.

아파트 그늘 밑 축축한 땅에도

이미 따스한 입김은 찾아와

가리었던 생명의 눈을 깨우고

풀밭 부는 바람에

나는 가만히 마음을 실어본다.

지나가는 사람 하나 없는

이 고요한 오후에

가슴 깊은 곳 미어진 무엇을

햇살은 조용히 두드리고 간다.

생각하면 왠지 꿈과 같은

그래서 다시 찾을 수 없는 환상처럼

햇살 눈부신 하늘, 바람이 가는 곳으로

나는 꿈을 꾸러 간다.

내 삶의 길 위에서

그토록 아름다운 햇살 또 있었을까.

이렇게 따스한 봄날에도

오랜 세월 그 두터운 망각의 강을 넘어온

이야기를 나는 잊을 수 없다.

왠지 가장 소중한 무엇 잃어버릴 것만 같아

슬픔 모두 감추고

꽃향기 가득한 오후가 저물도록

내내 하늘만 바라보았다.

-「길 위에서 만난 그대 13」 전문

창 너머 바라본 세상은

1판 1쇄 인쇄 2022년 6월 10일
1판 1쇄 발행 2022년 6월 20일

지은이 장원락

펴낸이 최준석
펴낸곳 푸른나무출판(주)
주소 경기도 고양시 일산서구 강선로 49. 404호
전화 031-927-9279 팩스 02-2179-8103
출판신고번호 제2019-000061호 신고일자 2004년 4월 21일
인쇄·제작 한영문화사

ISBN 978-89-92008-89-1 03810